暗香浮动

ANXIANG FUDONG

历代诗人笔下的梅

梅庆吉 编著

大连出版社
DALIAN PUBLISHING HOUSE

图书在版编目(CIP)数据

暗香浮动:历代诗人笔下的梅/梅庆吉编著. —大连:大连出版社,2010.10

ISBN 978-7-80684-996-5

Ⅰ.①暗… Ⅱ.①梅… Ⅲ.①古典诗歌—作品集—中国 Ⅳ.①I222

中国版本图书馆CIP数据核字(2010)第167424号

出 版 人:刘明辉
策划编辑:刘晓媛
责任编辑:刘晓媛
封面设计:张 金
版式设计:刘晓媛
责任校对:于孝锋
责任印制:刘振奎

出版发行者:大连出版社
地址:大连市西岗区长白街12号
邮编:116011
电话:0411-83620674/83620941
传真:0411-83610391
http://www.dl-press.com
E-mail:cbs@dl.gov.cn
印 刷 者:大连图腾彩色印刷有限公司
经 销 者:各地新华书店

幅面尺寸:170mm×235mm
印 张:13
字 数:180千字
印 数:1～3500册
出版时间:2010年10月第1版
印刷时间:2010年10月第1次印刷
书 号:ISBN 978-7-80684-996-5
定 价:42.00元

目录

赠范晔①

[北魏]陆凯②

折梅逢驿使③，寄与陇头人④。
江南无所有，聊赠一枝春。

【难点疏通】

①范晔(398～445)：字蔚宗，祖籍顺阳（今河南淅川县），自西晋永嘉之乱后移居山阴（今浙江绍兴市），是南朝刘宋时期杰出史学家，《后汉书》的作者。 ②陆凯(？～504)：字智君，北魏代（今河北涿鹿县）人，鲜卑族。十五岁时官拜给事黄门侍郎，为皇帝亲近侍从。为人忠厚刚正不阿，身居要职数十年。后又出任正平太守七年，被称为良吏。 ③驿使：古代驿站传送朝廷文书的人。 ④陇头：即陇山，地处宁夏南部，位于西安、银川、兰州三省会城市所形成的三角地带中心，主峰在宁夏固原、隆德两县境内，是陕北黄土高原和陇西黄土高原的界山及渭河与泾河的分水岭。后也借指边关。

【诗义解说】

折下一枝梅花遇到了驿站的使者，让他带给远在边塞的友人。江南没有什么东西可寄赠，只好寄上一枝梅花带去一缕春风。

北宋·王岩叟《梅花诗意图》

王岩叟(1044～1094)，北宋大臣，字彦霖，山东临清人。幼时聪颖过人，十九岁时乡举、省试、廷对皆第一，时称“三元榜首”。曾任栾城主簿、泾州推官。熙宁年间韩琦荐为国子监，先后继任中书舍人、枢密院直学士等。卒后追赠左正大夫。图的左侧一株老干中的一段，粗壮而沧桑，婆娑多姿的梅枝上缀满盛开的花朵。构图有疏有密，枝条穿插各异，富有生气和意味。树干上有“岩叟”两个隶书体字。

梅花落[1]

[南朝·宋]鲍照[2]

中庭杂树多[3]，偏为梅咨嗟[4]。
问君何独然？念其霜中能作花，
露中能作实。摇荡春风媚春日，
念尔零落逐寒风[5]，徒有霜华无霜质[6]。

【难点疏通】

①梅花落：汉乐府横吹曲名。郭茂倩《乐府诗集》：“《梅花落》本笛中曲也。”《乐府解题》说：汉横吹曲共二十八解，李延年造。魏晋以后唯传十八曲。《梅花落》即其一。　②鲍照(约415～470)：南朝宋文学家。字明远，东海（今属江苏）人。临海王刘子项镇荆州时，任其为前军参军。刘子项作乱，鲍照为乱兵所杀。长于乐府诗，其七言诗对唐代诗歌的发展起了很重要的作用。有《鲍参军集》。　③中庭：庭院之中。　④咨嗟：感叹。　⑤尔：指杂树。　⑥徒有：空有。霜华：霜一般的光和色，指杂树的外表。霜质：耐寒的品质。

【诗义解说】

庭院之中各种杂树很多，而诗人偏偏为梅花赞叹不已。杂树问诗人为何对梅情有独钟，（诗人回答：）因为梅能在寒霜之中开花，能在露水之中结出果实。而你们杂树在春天随风摇荡在春日下争奇斗艳，然而寒风袭来便凋零飘落，徒有霜的光彩却没有耐霜的本质。

北宋·赵佶《腊梅山禽图》

赵佶(1082～1136)，即宋徽宗。宋代皇帝，画家。为帝时不励精图治，但艺术功力颇深。靖康元年(1126)十一月，金兵攻进京城汴梁，赵佶、赵桓以及赵氏宗族亲属等三千多人都做了金人的俘虏。后死在“五国城”(今黑龙江省依兰县)。此图绘一株腊梅枝干略弯而劲挺直伸，极富弹性，互相交错而有变化。枝头几点黄梅开放，似乎有阵阵清香袭来。腊梅枝头上一对山雀相互依偎，均向着左侧画面，将观者视线引向画外。山禽刻画细致，神情逼真。全图工整细致，富有生活情趣。腊梅枝干以劲细墨笔勾勒，再用水墨渲染；山雀、萱草均用水墨画出。笔墨的细粗、干湿配合协调，构图疏朗，明快大方。

子夜四时歌·春歌三首之一①

[南朝·梁]萧衍②

朱日光素冰③，朝花映白雪。
折梅待佳人，共迎阳春月。

【难点疏通】

①子夜四时歌：为南朝乐府民歌，收录在宋代郭茂倩所编《乐府诗集》中，属“清商曲辞·吴声歌曲”。相传是晋代一名叫子夜的女子创制，多写哀怨眷恋之情。 ②萧衍(464～549)：即梁武帝，字叔达，小字练儿。南兰陵中都里（今江苏常州市）人。南梁政权的建立者，庙号高祖。原来是南齐的官员，南齐中兴二年(502)，齐和帝被迫“禅位”于萧衍，遂建立南梁。在位四十八年，是南朝皇帝中在位时间最长的。 ③朱日：红日。素冰：洁白的冰。

【诗义解说】

红太阳的光辉像冰一样光明，早晨盛开的花映照在白雪上。折下一枝梅花等待着美人到来，共同来迎接这温暖的春光。

北宋·赵佶《腊梅双禽图》

图画腊梅一枝穿插于柏叶间，两只山雀顾盼有情，鸣于枝头。一朵盛开的腊梅淡雅可爱，仿佛有幽香发出。稀疏的花枝上花蕾含苞待放，加上郁郁常绿的柏叶衬托，传达出一派岁寒将尽的早春气息，使人顿生喜悦之情。用笔挺秀灵活，设色淡雅清丽，风格清秀典雅。

梅花落 [南朝·梁]吴均①

终冬十二月②，寒风西北吹。
独有梅花落，飘荡不依枝。
流连逐霜彩，散漫下冰澌③。
何当与春日，共映芙蓉池④。

【难点疏通】

①吴均(469～520)：又作吴筠，字叔庠，吴兴（今浙江省湖州市）人。南朝齐梁时期的文学家、史学家。好学有俊才，开创一代诗风，诗文自成一家，被称为“吴均体”。
②终冬：冬天的最后一个月。 ③冰澌：解冻时流动的冰。 ④芙蓉：荷花的别名。

【诗义解说】

到了冬天的最后一个月，从西北吹来了寒冷的风。只有枝头上的梅花，从枝干上纷纷飘零。随着霜雪飘来飘去，又落在解冻的河水之中。什么时候才能再到春天，好与池塘里的荷花交相辉映。

北宋·佚名《梅竹聚禽图》

图中巨石缝隙中，梅竹枝条丛生，枝上梅花绽放，几只斑鸠、伯劳错落其间，一只鹌鹑在树下觅食，群鸟安然相处，植物枝繁叶茂，现出一派暖洋洋的春意。粗老的梅干，细劲的枝条，夹杂着初生的嫩竹，彼此间的穿插组合有条不紊。禽鸟的描绘细致生动；赋色清淡，与草木用笔的流畅爽利、坡石勾皴的轻松随意形成了有趣的对比，显示了作者的深厚功力。

同萧左丞摘梅花 [南朝·梁]庾肩吾[1]

窗梅朝始发，庭雪晚初消。
折花牵短树，攀丛入细条。
垂冰溜玉手，含刺罥春腰[2]。
远道终难寄，馨香徒自饶[3]。

【难点疏通】

①庾肩吾(487～551)：南朝梁文学家。字子慎，一作慎之，南阳新野（今属河南）人。梁简文帝萧纲初封晋安王，梁元帝萧绎时封武康县侯。是当时宫体诗的主要作家。②罥(juàn)：悬挂。 ③饶：多。

【诗义解说】

窗前的梅花早晨刚刚盛开，到晚上庭院里的雪开始融消。牵着短树枝折下一束梅花，拨开树丛寻找纤细的枝条。垂下的冰溜碰到了纤纤玉手，春天里带刺的枝条挂在了纤纤的细腰。因为道路遥远无法寄达，浓郁的香气也只好自生自了。

南宋·林椿《梅竹寒禽图》

林椿，钱塘(今浙江杭州)人，生卒年不详，南宋孝宗淳熙间画院待诏，赐金带。工画花鸟、草虫、果品，傅色轻淡，深得写生之妙。所作花鸟果品直接以色彩分出物象之浓淡，层层晕染阴阳向背，饱满莹润轻匀透明，栩栩如生。小幅笔触工细，布色鲜明，静中寓动，生机盎然，为世人所宝。图中梅竹历霜而挺，梅干虬曲横斜，梅花绽放，竹叶之绿与梅花之白相互辉映。一只寒莺立于枝头，侧首以喙啄羽，用笔工细，笔触柔和，表现出一种宁静祥和之气。竹运笔苍劲，勾撇极有力度。梅运笔柔中有刚，极有韧性。

和孔中丞雪里梅花 [南朝·梁]王筠[1]

水泉犹未动，庭树已先知。
翻光同雪舞[2]，落素混冰池。
今春竞时发[3]，犹是昔年枝。
唯有长憔悴，对镜不能窥。

【难点疏通】

①王筠(481～549)：南朝梁文学家。字元礼，一字德柔。琅邪临沂（今属山东）人。曾任昭明太子萧统的属官。梁武帝时出为临海太守。还京后任秘书监、太府卿、度支尚书、太子詹事等。侯景之乱，坠井而亡。 ②翻光：从花反射的光。 ③竞时：赶在应开的时间。

【诗义解说】

泉中的水还没有什么动静，庭院里的树就已经有知在先。翻动的光彩同雪一起飞舞，洁白的花瓣落在冰上很难分辨。今年春天又到了应开的时节，开花的仍然是从前的枝干。只是因为长时间以来身体瘦弱，不敢面对着镜子里的自己观看。

南宋·马远《梅石溪凫图》

马远(1190～1279)，南宋杰出画家，号钦山，原籍河中（今山西永济县附近），侨寓钱塘（今浙江杭州）。南宋画院待诏。画能独辟蹊径，自成一家。与李唐、刘松年、夏圭并称南宋四大家。山水画成就最大，独树一帜，与夏圭齐名，时称“马夏”，为绘画史上富有独创性的大画家。此图所绘梅枝刚劲曲折，又有力度，用焦墨勾勒的树干，瘦硬如屈铁。山石用大斧劈皴，坚实、爽朗而有力。水波绘制出动意，表现迂回、盘旋以及由微风吹起的微波，十分动人。

咏梅花 [南朝·梁]鲍泉①

可怜阶下梅，飘荡逐风回。
度帘拂罗幌②，萦窗落梳台。
乍随纤手去，还因插鬓来。
客心屡看此③，愁眉敛讵开④？

【难点疏通】

①鲍泉(?～551)：东海（今山东郯城北）人。博涉经史，兼有文笔。梁元帝时为信州刺史，后迁长史。死于侯景之乱。 ②罗幌：丝罗床帐。 ③客心：旅人之情，游子之思。 ④讵：岂，怎。

【诗义解说】

可怜台阶下的梅花，飘飘荡荡在寒风中摇摆。飞过门帘落在丝罗床上，萦绕在窗前又落上梳妆台。刚刚随着纤纤玉手离去，又因为插在头上回转而

南宋·杨无咎《四梅图》

杨无咎(1097～1169)，南宋画家。字补之，号逃禅老人、清夷长者。江西清江人，寓居豫章（今江西省南昌）。擅画花卉、人物，尤长水墨梅、竹、松、石及水仙，以墨梅名重于时，对后世画梅影响很大。善书法，小字清劲可爱，亦工词。此图分四部分，分别绘梅花未开、将开、盛开、将残四种形态。第一幅蓓蕾含苞，嫩枝舒张，预告花期将近；第二幅花蕾初绽，犹如含羞少女半露粉面；第三幅已见朵朵繁花缀于枝头，似有暗香袭来；第四幅表现残萼败蕊，片片落红随风飘散。画面散发着一种冷蕊疏香，表现了梅花的高标清韵。此选其中一幅。

春日看梅花 [南朝·梁]萧纲[1]

昨日看梅树，新花已自生。
今旦闻春鸟[2]，何啻两三声[3]。
冻解池开渌[4]，云穿天半晴。
游心不应动[5]，为此欲逢迎[6]。

【难点疏通】

①萧纲(503～551)：即南朝梁简文帝，梁代文学家，字世缵，南兰陵（今江苏常熟）人。梁武帝第三子，由于长兄萧统早死，他在中大通三年(531)被立为太子。太清三年(549)，侯景之乱，梁武帝被囚饿死，萧纲即位。大宝二年(551)为侯景所害。 ②今旦：今天早晨。 ③何啻：何止，岂止。 ④渌：水清。 ⑤游心：留心。 ⑥逢迎：迎接。

【诗义解说】

昨天看到梅花的树上，新的花朵已经产生。今天早晨听到了鸟儿鸣叫，何止是两声三声。解冻的池水碧波荡漾，阳光穿过云层有半天的晴空。留心观看不要轻易移动，为此等待着梅花开得繁盛。

南宋·杨无咎《雪梅图卷》

此图构图别致，由画幅上端伸下几条梅枝，劲挺恣肆，细笔勾出花瓣，间杂竹叶几簇。梅花画枝干下部，竹叶只勾叶尖部分，以淡墨渲染，梅枝、竹叶上留出空白，着墨无多，雪景顿现。这种表现方法今天看当然不新鲜，但在当时却是一个创举。

咏梅 [南朝·梁]萧绎[1]

梅含今春树，还临先日池。
人怀前岁忆，花发故年枝。

【难点疏通】

①萧绎(508～554)：即梁元帝，字世诚，小字七符，自号金楼子。梁武帝萧衍第七子，梁简文帝萧纲之弟。承圣三年(554)九月西魏宇文泰派于谨、宇文护率军五万南攻江陵。十一月江陵城陷，萧绎被俘遭害。少聪颖，好读书，善五言诗，但性矫饰，多猜忌。藏书十四万卷，于江陵城破时自己烧毁。平生著述甚富，共二十余种，四百余卷，今仅存《金楼子》。

【诗义解说】

今年春天梅树正含苞待放，树还是生长在原来的池塘旁。人们还记着前年花开的情景，花儿仍然开在去年的枝干上。

南宋·杨无咎《梅花图》

图绘梅枝横斜于画面，以不同的笔法表现干、枝、花的质感与意态。老干用焦墨飞白，笔法苍劲，新枝饱满圆润。淡墨细笔勾花，花有盛开与含苞待放之别。疏香冷蕊，笔致苍老。

雪里梅花

[南朝·陈]阴铿[①]

春近寒虽转，梅舒雪尚飘[②]。
从风还共落，照日不俱销[③]。
叶开随足影，花多助重条。
今来渐异昨，向晚判胜朝[④]？

【难点疏通】

①阴铿(511～563)：字子坚，武威（今属甘肃）人。南朝陈文学家。幼年好学，能诵诗赋，长大后博涉史传，尤善五言诗，为当时所重。　②舒：伸展，这里指梅花开放。③销：通“消”，消散，消失。　④向晚：傍晚。判：明显。朝：早晨。

【诗义解说】

春天快到时寒冷已经有所改变，梅花开的时候雪还在飘。有风吹来梅花与雪共同飘落，但在太阳光下没有一同融消。叶子舒展开使梅花更加好看，繁多的花朵压弯了枝条。今天再来已经感到与昨天不太一样，到了晚上比早晨开得更加热闹。

南宋·徐禹功《雪中梅竹图》

徐禹功，生卒年不详，江西人，布衣，自号辛酉人。可能生于北宋元丰四年(1081)或南宋绍兴十一年(1141)。宣和年间颇有画名，善画水墨梅竹，师从杨无咎，得其生动之状。此图以浓墨挥写枝干竹叶，以精细之笔勾勒梅花，留白以示雪。笔触恣肆劲健，沉稳而具有清新润泽之意，竹梅傲雪之景跃然画端。

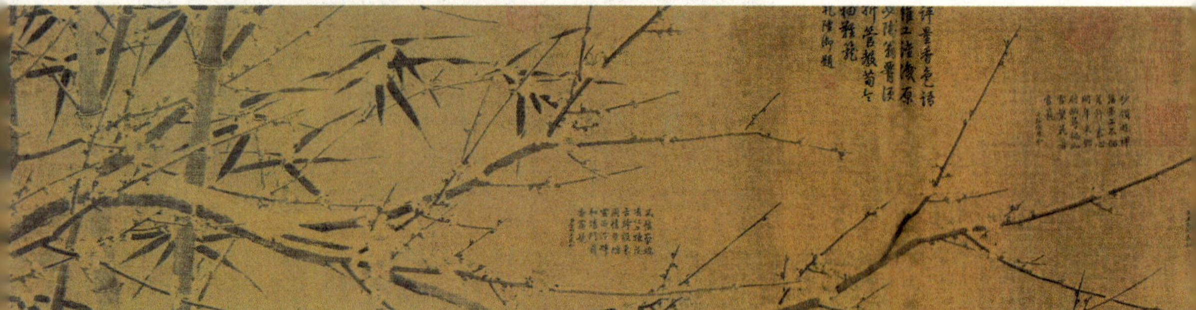

梅花落二首之二 [南朝·陈]江总[1]

胡地少春来[2]，三年惊落梅。
偏疑粉蝶散，乍似雪花开。
可怜香气歇[3]，可惜风相摧。
金铙且莫韵[4]，玉笛幸徘徊。

【难点疏通】

①江总(519～594)：南朝陈诗人，字总持。祖籍济阳考城(今河南兰考)。出身高门，早年即以文学才能被梁武帝赏识，官至太常卿，陈后主时官至尚书令。宫体艳诗的代表诗人之一，在历史上声名不佳。但随着国家兴亡和个人际遇的变化，诗也渐渐洗去浮艳之色，时有悲凉之音。②胡地：北方。因古代称北方少数民族为胡。 ③歇：消失。 ④金铙：即铙。古军中打击乐器。

【诗义解说】

北方春天到来得很晚，三年来都为梅花飘落而惊心。有时怀疑是蝴蝶洒下的粉，有时又像是雪花一样的倩影。可怜的是香气已经消失，可惜的是寒风还在不断地吹动。金铙请不要合上寒风的韵律，幸好有玉笛声传来而在梅树下徘徊不停。

南宋·马麟《层叠冰绡图》

马麟，生卒年不详，原籍河中（今山西永济），南渡后三代居钱塘（今浙江杭州市），遂为钱塘人。马远之子。擅画人物、山水、花鸟，用笔圆劲，轩昂洒落，画风秀润。宁宗嘉泰(1201～1204)间授画院祗候，颇得宁宗赵扩、恭圣皇后杨氏称赏。此图是马麟花鸟画的存世名作。描绘绿萼梅两枝，一俯一仰，婀娜多姿。画面梅开似玉蕊古风，琼葩含露，绰约玲珑，清幽冷艳。扶疏的瘦枝玉蕊清冷，暗香浮动。画家以勾勒法淡墨细线写出花瓣，再层层填色。以水墨绘枝，重彩染花，强烈的对比映衬，生动地体现了寒梅冰肌玉骨之美。

梅花落 [南朝·陈]张正见[1]

芳树映雪野，发早觉寒侵。
落远香风急，飞多花径深。
周人叹初摽[2]，魏帝指前林[3]。
边城少灌木，折此自悲吟。

【难点疏通】

①张正见：武城（今属山东）人，字见赜。梁太清初射策高第，元帝时为彭泽令。入陈，累迁尚书度支郎、通直散骑侍郎。善写五言诗，明人辑有《张散骑集》。　②“周人”句：《诗经·摽有梅》描写一个待嫁女子望见梅子落地，引起青春将逝的伤感。摽(biào)，落。　③“魏帝”句：魏帝即曹操。此句指“望梅止渴”的故事。南朝宋刘义庆《世说新语·假谲》：“魏武行役失汲道，军皆渴，乃令曰：‘前有大梅林，饶子，甘酸可以解渴。’士卒闻之，口皆出水，乘此得及前源。”

【诗义解说】

芳香的树木生长在雪地上，因开花很早感觉到了寒冷的侵润。一阵急风把香气吹得很远，落花很多在小径上堆积了厚厚的一层。周朝人感叹梅花的飘落，魏武帝指着前面的梅林。边远的城邑很少生长灌木，折下一枝自己悲伤地吟咏。

南宋·赵孟坚《岁寒三友图》

赵孟坚(1199～1264)，字子固，自号彝斋，浙江海盐(一作嘉兴)人，宝庆三年(1227)进士。工诗文，善书画。此图绘法别具一格。作者选取松、竹、梅以上部分，从左下角伸向画面。松枝迎着寒风，上下摇曳，枝上还长着几粒松塔；梅花枝干从上而下，劲挺有力，一根纤枝伸出画面，别有韵味；下部几片竹叶，粗笔浓墨，使画面顿时稳定。松针用淡墨撇出，潇洒飘逸；梅花用圈瓣画出，随意点染，愈显孤傲；竹叶则丰腴饱满，神采飞扬，彰显了寒冬之际松、竹、梅的特有风格。

早 梅 [南朝·陈]谢燮[1]

迎春故早发，独自不疑寒[2]。
畏落众花后，无人别意看[3]。

【难点疏通】

①谢燮：生卒年不详，约公元570年前后在世，南朝陈文学家。 ②不疑寒：不惧怕寒冷。 ③别意：特别注意。

【诗义解说】

迎着春天到来所以早早地开花，虽然只自己开放但并不惧怕严寒。怕的是落在众花的后面，不会引起人们特别的照看。

南宋·佚名《红梅孔雀图》

图中古柏苍劲，红梅吐芳，秀竹、野花、丛草缀于其间，两只孔雀栖于岸上，一只伫立于树干上，回首观望，似在欣赏其漂亮而长拖于地的尾羽，另一只则于树下觅食。树上四只小鸟则于枝间或栖或跃，顾盼生姿，使整个画面活泼生动。运笔细致而工整，设色明丽而古朴，构图疏而不漏，层次分明。

梅花落二首之一

[南朝·陈]陈叔宝[1]

金砌落芳梅[2]，飘零上凤台[3]。
拂妆疑粉散，逐溜似萍开[4]。
映日花光动，迎风香气来。
佳人早插髻，试立且徘徊。

【难点疏通】

①陈叔宝(553～604)：即陈后主，字元秀。南朝陈皇帝。公元582年至589年在位。在位时大建宫室，生活奢侈，日与妃嫔、文臣游宴，制作艳词。隋兵南下时，恃长江天险，不以为意。祯明三年(589)隋兵入建康（今南京），被俘。后在洛阳病死，追封为长城县公。　②金砌：对台阶的美称。　③凤台：即凤凰台，故址在今江苏省南京市。　④逐溜：顺水漂流。

【诗义解说】

台阶旁落了一地梅花，随风飘动飞到了凤凰台。怀疑是化妆时落下的香粉，顺水漂流又像浮萍花开。在阳光的照射下花朵摇动，迎着风一缕香气袭来。美人早早就把花插在了头上，在镜前左看右看来回徘徊。

南宋·佚名《梅竹双雀图》

绿竹丛中逶迤伸出白梅两枝，清丽冷艳。两只鸲鹆栖于枝头，一只挺胸仰望，另一只低头俯视。鸟羽用细笔勾描，然后以墨或淡彩晕染，近似“没骨”法。梅花用白粉和淡黄色勾填，层次丰富。竹叶用双勾法勾勒轮廓，再染以花青、汁绿、赭石等色。花枝与竹叶交叉错落，自然生动。

梅花落 [南朝·陈]苏子卿①

中庭一树梅，寒多叶未开。
只言花似雪，不悟有香来②。
上郡春恒晚③，高楼年易催。
织书偏有意，教逐锦文回④。

【难点疏通】

①苏子卿：南朝时陈人，生平事迹不详。 ②不悟：不觉。 ③上郡：古郡名，今陕西榆林东南七十五里鱼河堡附近。也泛指边塞。 ④“织书”二句：用织锦回文的故事。据《晋书·列女传·窦滔妻苏氏》记载：“窦滔妻苏氏，始平人也，名蕙，字若兰，善属文。滔，苻坚时为秦州刺史，被徙流沙，苏氏思之，织锦为回文旋图诗以赠滔。宛转循环以读之，词甚凄婉。”相传其锦纵横八寸，题诗二百余首，计八百余言，纵横反复，皆成章句。

【诗义解说】

院子里有一棵梅树，因为寒冷叶子还没有展开。只说是花像雪一样白，却不觉有暗香袭来。上郡的春天来得很晚，高楼里的佳人容易年老色衰。写上一篇书信别有一番情意，希望能够随着锦文回到家来。

南宋·佚名《梅禽图》

图中白梅虬枝从左向右延伸，梅花有的怒放，有的含苞待放，层次井然。一只美丽的小鸟站在枝上，嘴巴微张，人们似乎能够听到它动听的叫声。鸟的羽毛用细笔丝出，有一种毛茸茸的感觉。梅枝采用双勾填彩法，梅花用白粉点染。勾杂结合，意味别致。

春日看梅二首之一

[隋]侯夫人[1]

砌雪无消日[2]，卷帘时自颦[3]。
庭梅对我有怜意，先露枝头一点春。

【难点疏通】

①侯夫人：隋炀帝宫女。大约十六岁时进宫，二十四岁左右自杀，存诗十三首。 ②砌：台阶。 ③颦：皱眉。

【诗义解说】

台阶旁的雪还没有消融，卷起帘子独自把眉头皱起。庭院里的梅树有可怜我的意思，先在枝头露出一点春的消息。

南宋·佚名《花卉四段·梅花》

此图所绘是从树上折下的一枝老干，十分劲挺，新折的碴口还很新鲜，干上伸出几株嫩枝，枝上疏疏落落地开着几朵洁白的梅花，在赭黄色的底子上格外醒目。还有一枝嫩枝笔挺向下，却没有花朵，表现了无限生机。用笔工细，设色典雅。

梅花落

[唐]杨炯[1]

窗外一株梅，寒花五出开[2]。
影随朝日远，香逐便风来[3]。
泣对铜钩障[4]，愁看玉镜台[5]。
行人断消息，春恨几裴回[6]。

【难点疏通】

①杨炯(650～692)：弘农华阴（今属陕西）人，初唐四杰之一。十一岁时被举为神童，上元三年(676)应制举及第，授校书郎。后又任崇文馆学士，迁詹事、司直。武后垂拱元年(685)降官为梓州司法参军。天授元年(690)任教于洛阳宫中习艺馆。如意元年(692)秋后改任盈川县令，死于任所。因此后人称他为“杨盈川”。 ②五出：指梅花五瓣。 ③便风：顺风。 ④铜钩障：饰有铜钩的屏风。障，屏风。 ⑤玉镜台：玉制的梳妆台。 ⑥裴回：徘徊。

【诗义解说】

窗子外面的一株梅树，在寒风中开出五个花瓣。影子随着早晨的太阳渐渐远去，香气顺着春风吹来。对着铜钩屏风流下了眼泪，从玉镜台上看到了自己的一缕愁怀。远行的人一直没有消息，怀着春恨在屋中几度徘徊。

南宋·佚名《雪展观梅图》

此图融山水画与人物为一体，画面上崖壁虬松，溪桥殿宇，作者在用大量笔墨描写景色的同时，又以十分简洁的笔墨点染人物。广阔的天空中，有一只凤凰飞来，造成了一种极为和乐的场面。在构图上，作者从自然界选取最美的一角，以局部的特定手法加以表现，精心地表现了峻峭的崖壁、挺秀的松柏、壮丽的殿宇和活动于其中的几个人物。山石多用长斧劈皴，画松瘦硬屈曲，用墨凝重，笔锋显露。

梅花落 [唐]卢照邻[1]

梅岭花初发[2]，天山雪未开[3]。
雪处疑花满，花边似雪回。
因风入舞袖，杂粉向妆台。
匈奴几万里[4]，春至不知来。

【难点疏通】

①卢照邻(约635～689)：字升之，号幽忧子，幽州范阳（今河北涿县）人。“初唐四杰”之一。诗多愁苦之音。曾任新都尉，后因风痹病所困，投颍水自尽。有《幽忧子集》。 ② 梅岭：即大庾岭。在广东、江西交界处，岭上多植梅花。 ③天山：指祁连山。 ④匈奴：我国古代北方少数民族之一。这里指北方地区。

【诗义解说】

梅岭上的花刚刚开出，天山上的雪还没有融化。白雪堆积的地方以为开满了梅花，站在梅树前又好像飘起了雪花。随着风飘进了舞动的衣袖，掺杂着花粉飞上了梳妆台。遥远的北方有几万里远，春天到了也不知道回来。

南宋·佚名《寒塘凫侣图》

图左侧塘岸土坡上，白梅一枝斜出，枝上梅花怒放，枝下茶花、水仙盛开。一对野鸭嬉戏于水中，顾盼生姿，逗人喜爱。对岸土坡败苇稀疏，两只蓝色的小鸟前后相随飞向远方，从而把读者的视线引向画外，有种画有尽而意无穷之感。境界开阔，重点突出，色彩鲜艳。

春雪 [唐]东方虬[1]

春雪满空来，触处似花开[2]。
不知园里树，若个是真梅[3]。

【难点疏通】

①东方虬：唐朝著名史官、诗人。武则天时任左史，工诗。陈子昂在《寄东方左史修竹篇书》中，称其《孤桐篇》“骨气端翔，音韵顿挫，不图正始之音，复睹于兹”。可惜今已失传。 ②触处：到处。 ③若个：哪个。

【诗义解说】

春天的雪纷纷扬扬漫天飘来，所到之处都像花儿盛开。不知道庭院里的树木，哪个才是真正的梅花。

南宋·佚名《梅溪放艇图》

远山如黛，近处一株梅树不见根部，只见枝干伸向水面，枝上白花正在迎寒怒放。一船正向梅树驶来，船头站一士人，仰头上望，把人们的视线引向高空。岸边水草丰茂。梅花用白粉随意点染，不经意间收到神完意足的效果。水纹用细笔勾出，远山用淡墨渲染，使整幅画面简洁生动，清新明丽。

正朝摘梅[1] [唐]张说[2]

蜀地寒犹暖[3]，正朝发早梅。
偏惊万里客[4]，已复一年来[5]。

【难点疏通】

①正朝：古代指正月一日。 ②张说(667～730)：唐代文学家、诗人、政治家。字道济，一字说之。原籍范阳（今河北涿县），世居河东（今山西永济），徙家洛阳。睿宗朝任同中书门下平章事。玄宗朝任右丞相。卒谥文贞。与苏颋(封许国公)齐名，人称“燕许大手笔”。 ③蜀地：指四川。 ④惊：出人意料。 ⑤已复：已经。

【诗义解说】

蜀地虽然还是寒冷的季节但很暖和，正月初一梅花就已经盛开。偏偏让万里之外来的客人感到意外的是，到这时整整又过了一年。

元·吴镇《墨梅图》

吴镇(1280～1354)，字仲圭，号梅花道人，尝自署梅道人，又尝自署梅沙弥。浙江嘉兴魏塘镇人。工诗文，善草书。擅画水墨山水，又长墨竹，人物、杂卉随意点染，亦能超尘出俗。与黄公望、倪瓒、王蒙合称为元四大家。一枝枯劲的古梅向右斜伸，历尽沧桑，断枝点点，上面有几朵梅花正在盛开，根部又生长出两根嫩枝。老干顿挫转折，新条一笔到头。底部与新枝用墨较重，树干则用干笔，可见飞白。圈点的几朵梅花，为画面增添了无限生机。

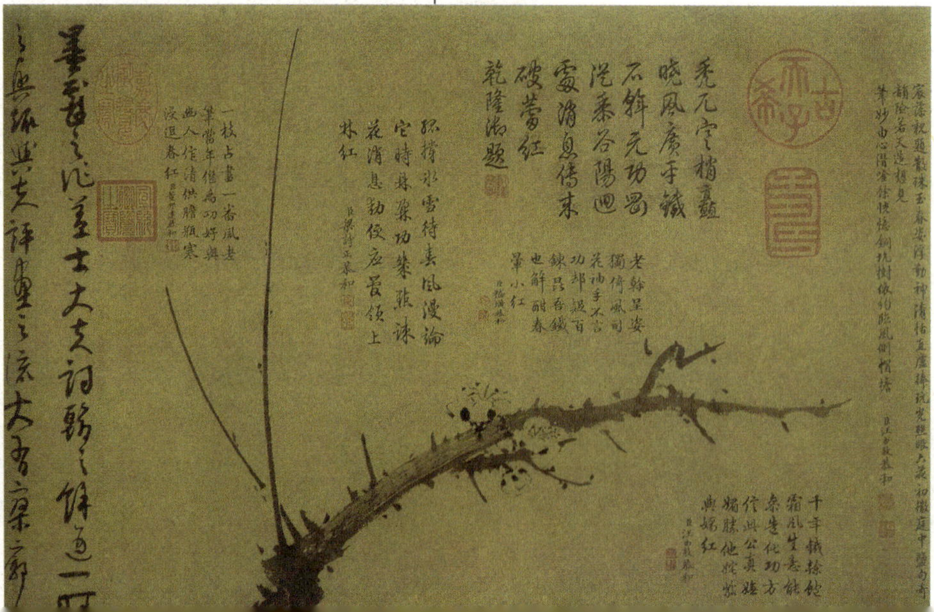

早 梅 [唐]孟浩然[1]

园中有早梅，年例犯寒开[2]。
少妇争攀折，将归插镜台。

【难点疏通】

①孟浩然(689～740)：唐代诗人。襄州襄阳(今湖北襄樊)人。字浩然，世称“孟襄阳”，以写田园山水诗为主。与王维合称为“王孟”。因他未曾入仕，又称为“孟山人”。　②犯：冒着。

【诗义解说】

园子里有一株早开的梅树，每年都冒着严寒盛开。少妇们纷纷上去攀折，带回家去插在梳妆台。

元·王冕《南枝早春图》

王冕(1287～1359)，元代著名画家、诗人、书法家，字元章，号煮石山农、放牛翁、梅花屋主、梅翁等。浙江诸暨人。出身农家。学识深邃，能诗。隐居九里山，以卖画为生。画梅以胭脂作梅花骨体，花密枝繁，别具风格，亦善写竹石。兼能刻印，用花乳石作印材，相传是他始创。此幅墨梅老干新枝，昂扬向上，豪放不羁，尽显梅花的劲峭冷香、丰韵傲骨。画中以飞白法画枝干，兼有书法笔意，运笔风神峭拔，挺劲潇洒，自下而上，一气呵成。画细梢或如铁鞭鹤膝，或如弓梢钓竿，俱气足力满、顿挫有韵。图中枝繁花茂，但繁而不乱，疏密有致，圈花点蕊，别出新意，显示了枝干劲俊、千花万蕊、天真烂漫、生机盎然的艺术效果。

杂诗二首之一

[唐]王维①

君自故乡来，应知故乡事。
来日绮窗前②，寒梅著花未③？

【难点疏通】

①王维(701～761)：字摩诘，祖籍山西祁县，唐朝诗人，精通佛学，外号“诗佛”。诗、书、画都很有名，精通音乐，多才多艺。今存诗四百余首。　②来日：指动身前来的那天。绮窗：雕饰精美的窗子。　③著花：开花。

【诗义解说】

您刚刚从故乡到来，应该知道故乡的事情。来之前窗子的前面，那株寒梅是否已经绽放花英？

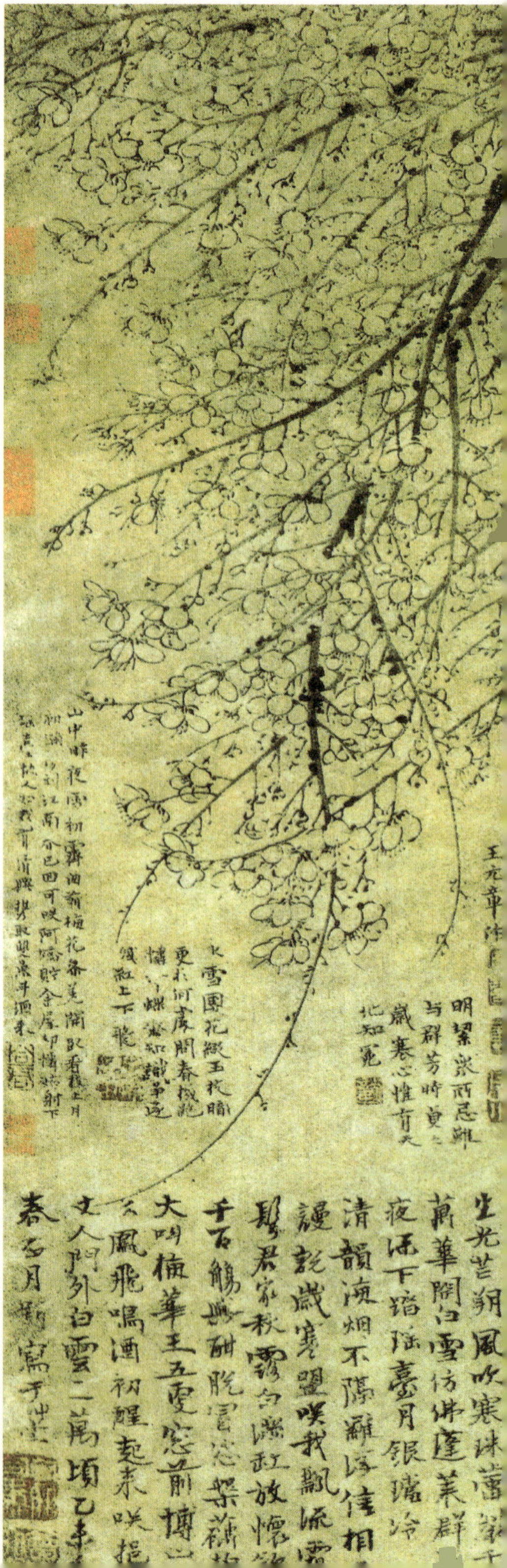

元·王冕《墨梅图》

此图为作者的传世代表作。画上倒垂的老梅一枝，繁枝参差，密蕊交叠，用圈花法勾勒花瓣，浓墨描写枝干，生动地表现出寒梅怒放、清气袭人的神韵。展开画卷，就会有一股生气勃勃的感觉扑面而来。

与史郎中钦听黄鹤楼上吹笛[1] [唐]李白[2]

一为迁客去长沙[3]，西望长安不见家。
黄鹤楼中吹玉笛，江城五月落梅花[4]。

【难点疏通】

①黄鹤楼：位于湖北省武汉市。江南三大名楼之一，素有“天下江山第一楼”之美誉。　②李白(701～762)，字太白，祖籍陇西成纪（今甘肃天水）。少年时居住在四川，读书学道。二十五岁出川远游，先后居住在安陆、鲁郡。在此期间曾西入长安，求取功名，却失意东归；后来奉诏入京，供奉翰林。不久因受谗言出京，漫游各地。安史之乱起，为了平叛，加入永王李璘幕僚；后来永王为唐肃宗所杀，因受牵连而被流放夜郎。遇赦东归，投奔族叔当涂（今属安徽）县令李阳冰，不久病逝。他因写诗而闻名，为当时的人们所激赏，以富于浪漫主义色彩的诗歌反映现实，被称为“诗仙”。此诗是他于乾元元年(758)流放夜郎经过武昌时，游黄鹤楼所作。　③迁客：被流放的人。　④江城：指武汉。落梅花：五月不可能有梅花落，此是因为听到《梅花落》的笛曲，而产生了梅花飘落的感觉。

【诗义解说】

成为被流放的人前往长沙，向西遥望看不见自己的家。黄鹤楼中听到了笛曲《梅花落》，仿佛看到了五月里落下梅花。

元·王冕《墨梅图》

此图所绘梅枝横空而出，从右向左，渐渐由粗变细，疏落有致。枝上梅花点点，盛开的不多，大都含苞欲放，似在报告着春天即将到来。图用重墨绘枝，蜿蜒于整个画面，舒展挺秀。淡墨涂花瓣，浓墨点花蕊，既显示出梅花的清新丽质，又与枝干造成一种强劲的生命力度。

和裴迪登蜀州东亭送客逢早梅相忆见寄[1]

[唐]杜甫[2]

东阁官梅动诗兴[3]，还如何逊在扬州[4]。
此时对雪遥相忆，送客逢春可自由。
幸不折来伤岁暮，若为看去乱乡愁。
江边一树垂垂发[5]，朝夕催人自白头。

【难点疏通】

①裴迪(716～?)：唐代诗人，关中(今属陕西)人。官蜀州刺史及尚书省郎。一生以诗文见称，是盛唐著名的山水田园诗人之一。晚年居辋川、终南山，与王维来往频繁，故其诗多是与王维的唱和应酬之作。蜀州：治所在今四川省广阳县。 ②杜甫(712～770)：字子美。生于河南巩县。天宝五年(746)应考落第。后再次到长安，仅获一小官职。安史之乱时被叛军所俘，脱险后授官左拾遗。乾元二年(759)弃官前往四川，定居成都。曾在剑南节度使严武幕中任检校工部员外郎，故又称“杜工部”。晚年举家东迁，漂泊鄂、湘一带，贫病而卒。他生活在唐朝由盛转衰时期，其诗多涉社会动荡、政治黑暗、人民疾苦，被奉为“诗史”，又有“诗圣”之誉。 ③官梅：官府所种的梅。 ④何逊在扬州：南朝梁何逊为官在扬州时，官府中有梅，常吟咏其下。 ⑤垂垂：渐渐。

【诗义解说】

东阁官家种的梅引动了诗兴，就像当年何逊做官在扬州。这个时候面对白雪遥想起当时的情景，春天时节送别客人正赶上好时候。庆幸的是没有折下一枝为人到晚年而感伤，就这样看上去也乱了思乡的忧愁。江边一棵树上花朵渐渐开放，从早到晚催得人白发满头。

元·王冕《墨梅图》

画的左侧一株老干枝头已经折断，在下面又生长出一根嫩枝，斜向右侧，一直伸出画外，占据了整个画面，并有数朵梅花迎寒盛开，表现了旺盛的生命力。老干上还有几根细枝长出，丰富了画面。构图虽然简单，却十分耐人寻味。

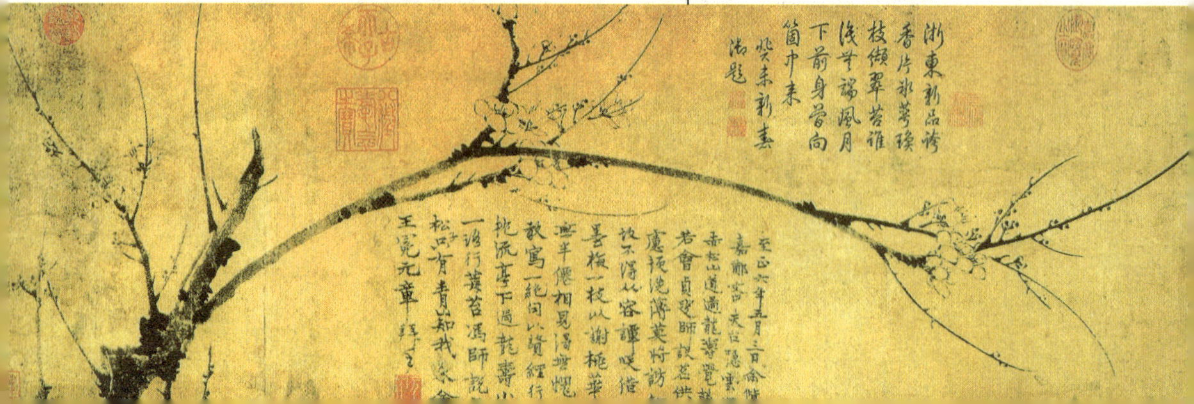

春女怨

[唐]蒋维翰①

白玉堂前一树梅②，今朝忽见数花开。
几家门户重重闭，春色如何入得来？

【难点疏通】

①蒋（一作薛）维翰：登开元进士第。诗五首。余不详。 ②白玉堂：对厅堂的美称。

【诗义解说】

白玉堂前生长着一株梅树，今天早晨忽然看到花开。可是有几户人家把门紧紧关闭，春天怎么能够进得来？

元·王冕《墨梅图》

一看到这幅图，就给人一种昂扬向上的感觉。画面上老干新枝，用笔挺劲有力，长枝就像弯弓秋月，短枝像一把利箭，表现出一种独立不羁的风格。梅花安排巧妙，长枝疏落，短枝繁密，花朵清新饱满。树干用笔浓重，似有一股力量在向外张扬。上有作者题诗一首："玛瑙坡前梅烂开，巢居阁下好春回。四更月落霜林静，湖上琴声载鹤来。"

官舍早梅 [唐]张谓[1]

阶下双梅树，春来画不成。
晚时花未落，阴处叶难生。
摘子防人到，攀枝畏鸟惊。
风光先占得，桃李莫相轻。

【难点疏通】

①张谓(? ～777)：字正言，河内（今河南沁阳县）人。天宝二年(743)登进士第，乾元中为尚书郎，大历年间为潭州刺史，后官至礼部侍郎。其诗词精意深，讲究格律，诗风清正，多饮宴送别之作。

【诗义解说】

台阶下生长着两棵梅树，春天到来难以描画它的芳容。天色已晚花儿还没飘落，阴暗的地方叶子难以生成。采摘梅子怕有人到来，攀折枝条又担心把鸟儿惊动。梅花已经占得了风光之先，桃李请不要把它看轻。

元·吴瓘《梅竹图》

吴瓘，生卒年不详，字莹之，号竹庄老人，嘉兴（今浙江嘉兴）人。多藏法书名画，能作窠石，墨梅颇有逸趣。画寒雀爪喙生动，超过当时画家钱选。此图为“墨戏”之笔，以寥寥数笔，写出梅花两枝、竹叶数片，墨色有浓有淡。笔力挺拔，简而有味。

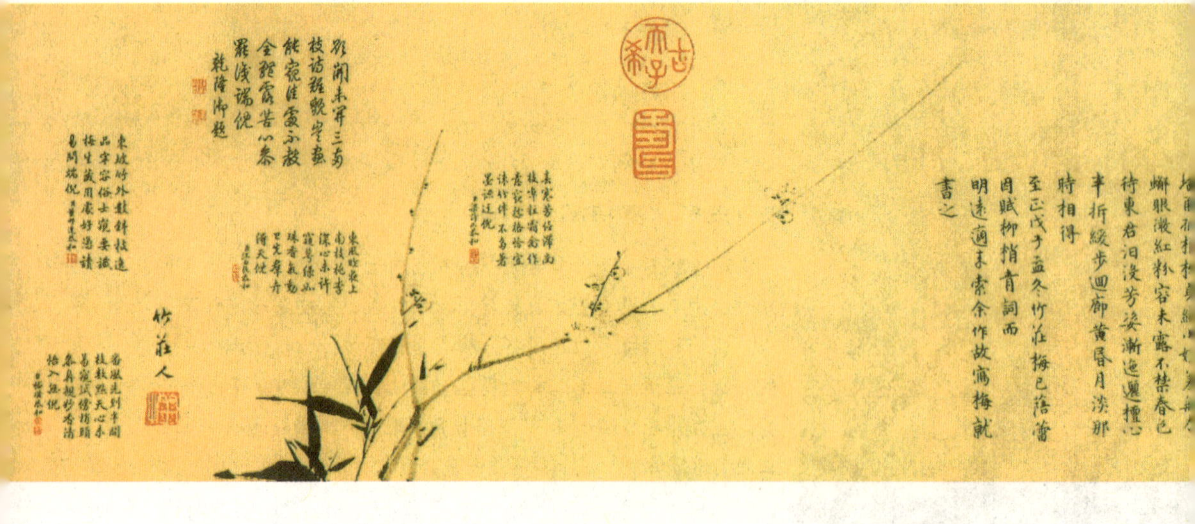

梅花

[唐]李嘉佑[1]

半落半开临水岸，团情团思媚韶光[2]。
玉鳞寂寂飞斜月[3]，素手亭亭对夕阳[4]。

【难点疏通】

①李嘉佑：字从一。生卒年不详，约唐肃宗至德中前后在世。工诗，婉丽有齐、梁风。天宝七年(748)擢进士第，授秘书正字。以罪谪南荒。未几，有诏量移为鄱阳宰，调江阴令。入为中台郎。上元中，出为台州刺史。大历中复为袁州刺史。 ②韶光：美丽的春光。 ③玉鳞：指麒麟阁。汉代阁名，上绘功臣像。 ④素手：因梅花有五瓣如手，故这样说。

【诗义解说】

一半开一半落靠在河岸边，一团团情思展现在美丽的春光。月亮从寂寂的麒麟阁上飞过，亭亭玉立的洁白梅花正对着夕阳。

元·邹复雷《春消息图》

邹复雷，生卒年不详，元代隐居人士，别署洞玄丹房主，斋名蓬荜居。擅画墨梅，笔法雄秀洒脱，墨气清润。图绘老梅新枝，蓓蕾竞绽，喧闹热烈的气氛宣告着春天来临的消息，动人心魂。画家以劲健和时带飞白的笔触皴写粗干，梅花画法奇特，既非用笔点染，亦非用线勾勒，而是用绢卷或线团蘸墨点成。作者以特写镜头截取画面，擅用疏与密、繁与简、直与曲等对比手法布局，笔势遒劲奔放，墨色浓淡参差，境界幽雅淡逸，是古代墨梅画的杰作。

题黄司直园 [唐]戴叔伦[1]

为忆去年梅，凌寒特地来[2]。
门前空腊尽[3]，浑未有花开[4]。

【难点疏通】

①戴叔伦(732～789)：字幼公，一字次公，润州金坛城西南窑村（今江苏金坛）人，唐代中期著名诗人。年少时博闻强记，聪慧过人，“诸子百家过目不忘”，拜著名学者萧颖士为师，是萧门弟子中出类拔萃的学生。他的诗体裁形式多样，五言七言，五律七律，古体近体，皆有佳作。 ②凌寒：冒着严寒。 ③空腊：指腊月，农历十二月。 ④浑：完全。

【诗义解说】

因为想起了去年的梅花，冒着严寒特地前来。门前的腊月已经过去，可还没有看到有花盛开。

元·佚名《梅花水仙图》

这是一幅长卷，起首处画梅花，后面是水仙。这里选的是梅花部分。卷首土坡上屹立着一块造型奇特的怪石，石质坚硬，背后一梅树破出画面，从树干上生出一纤枝，极力向右延伸，与后面的水仙相衔接。枝上梅花簇簇，暗香浮动。为避免单调，又有椒花一枝为伴，可谓匠心独具。

寄 情 ［唐］白居易[1]

灼灼早春梅[2]，东南枝最早。
持来玩未足，花向手中老。
芳香销掌握，怅望生怀抱[3]。
岂无后开花，念此先开好。

【难点疏通】

①白居易(772～846)：字乐天，号香山居士。原籍山西太原，祖上迁陕西渭南。历任翰林学士、江州司马、刑部侍郎、太子少傅等职。会昌二年(842)以刑部尚书致仕。新乐府运动的倡导者，长诗《长恨歌》《琵琶行》影响深远。常与刘禹锡唱和，时称“刘白”。又与元稹齐名，世称“元白”。 ②灼灼：花开鲜明的样子。 ③怅望：惆怅地望着。

【诗义解说】

早春的梅花开得十分鲜艳，东南方向的树枝开得最早。从树上折下一枝总也看不够，花朵在手中渐渐枯萎衰老。梅花的芳香在手中消失，心情惆怅的是花儿凋谢得过早。往后怎么会没有鲜花，还是思念这先开的花好。

元·佚名《梅花图》

画绘一株梅树，先向左生长，又转向右侧，形成了一个优美的弧形，枝干舒展，右下又有一株小枝与之呼应。大枝小枝上都缀满了花朵，正迎风盛开，似有幽幽香气从画面上传出。还有数片花瓣正随风飘散。笔墨恣纵，格调清新，意韵生动。

早梅　[唐]柳宗元①

早梅发高树，回映楚天碧②。
朔风飘夜香③，繁霜滋晓白。
欲为万里赠，杳杳山水隔④。
寒英坐销落⑤，何用慰远客？

【难点疏通】

①柳宗元(773～819)：字子厚，河东（今山西运城）人。唐代思想家、文学家。早年曾任集贤殿正字、蓝田尉、监察御史等职。顺宗时王叔文等执政，柳宗元成为王叔文集团的重要成员，他们在政治、经济、军事方面推行一系列革新措施，史称“永贞革新”。革新失败，被贬为永州司马，十年后，改任柳州刺史，后死于任所。柳宗元与韩愈同为唐代古文运动领袖人物，是“唐宋八大家”之一，山水游记享有盛名。诗歌艺术成就亦很突出，山水诗构思精密，风格清峻，与王维、孟浩然、韦应物并称“王孟韦柳”。　②楚天：柳宗元贬官永州后，多以“楚天”指永州。　③朔风：北风。　④杳杳：形容幽静深远的样子。　⑤坐：因为。销落：飘落。

【诗义解说】

早开的梅花在高高的树上，回映着楚天晴朗的天空。夜晚北风吹来阵阵香气，洁白的繁霜滋润着清晨。想要把梅花赠给万里外的朋友，可是山水相隔难以相通。因为寒冷中的花朵很快就要凋落，拿什么来慰问远方的客人？

明·边景昭《雪梅双鹤图》

边景昭，生卒年不详，沙县（今属福建）人，字文进。永乐年间任武英殿待诏，为宫廷作画。博学能诗，擅画禽鸟、花果，设色沉着而妍丽。图绘一株老梅从左上方向右伸出，虬曲多姿，枝上白花朵朵，迎寒怒放。树枝下两只丹顶鹤，一只仰天长啸，一只回头梳理羽毛，均单腿独立，姿态各异，妙趣横生。坡石用墨笔勾出，再进行填色。白鹤用笔一丝不苟，细致入微，栩栩如生。设色亮丽，白鹤、白梅令白雪黯然失色。

山驿梅花 [唐]李群玉[1]

生在幽崖独无主，溪萝涧鸟为俦侣[2]。
行人陌上不留情[3]，愁香空谢深山雨。

【难点疏通】

①李群玉(808～862)：字文山，唐代澧州(今湖南澧县)人。极有诗才。早年杜牧游澧州时，劝他参加科举考试，但他“一上而止”。后来进京向皇帝奉献自己的诗“三百篇”。唐宣宗遍览其诗，称赞他的诗“异常高雅”，授弘文馆校书郎。三年后辞官回归故里，死后追赐进士及第。 ②俦侣：伴侣。 ③陌上：田间小路。

【诗义解说】

生长在幽深的峡谷里无人欣赏，溪边的藤萝山中的小鸟就是伴侣。路上的行人根本不把它放在眼里，只能用自己的香气徒然地感谢山中的小雨。

明·孙隆《雪禽梅竹图》

孙隆，一作孙笼，生卒年不详，字从吉，又字廷振，武进（今江苏常州）人。幼颖异，风格如仙。画翎毛草虫，全以彩色渲染，饶有情趣。事梅甚工，时称“孙梅花”。图上一株苍劲的梅树横贯画面，数朵白花点缀在枝上，枝干上堆积着白雪。竹叶上也有白雪。为了取暖，四只麻雀挤在一起，另有一只凌空飞来。下方一只白鸽站在雪地上，几乎与雪融为一体。淡墨染地，树枝、竹叶、坡地留白以表现雪。禽鸟精勾细染，背后雪山一抹，创造了寒天苍茫的意象。

忆梅 [唐]李商隐[1]

定定住天涯[2]，依依向物华[3]。
寒梅最堪恨，长作去年花。

【难点疏通】

①李商隐(约812～约858)：字义山，号玉溪生、樊南生。祖籍怀州河内（今河南沁阳市），生于荥阳（今属河南）。曾任弘农尉、佐幕府、东川节度使判官等职。诗作文学价值很高，与杜牧合称“小李杜”，与温庭筠合称“温李”，与同时期的段成式、温庭筠风格相近，且都在家族里排行十六，故并称为“三十六体”。 ②定定：死死地，牢牢地。天涯：指梓州（今四川省三台县）。此时作者任职梓州幕府，与长安相比，自然是天涯了。 ③依依：面对美好春色怀有流连的意绪。物华：眼前的美景。

【诗义解说】

注定要长住在遥远的天涯，恋恋不舍地面对眼前美好的春景。最让人恼恨的是开在寒冷中的梅花，总是开在腊月常被算作去年的花丛。

明·陈录《梅花图卷》

陈录，生卒年不详，字宪章，以字行，号如隐居士，会稽（今浙江绍兴）人。善墨梅、松、竹、兰蕙，笔意儒雅，与当时另一画梅高手王谦齐名。这组《梅花图》册，共二十四幅，与孙隆合作。梅花用笔工整细腻，笔法流畅，经营有力。梅花、枝干均由墨色勾勒，背景用冷色调加以烘染，突出了梅花的品格。这里所选为其中一幅。

三月八日雪中作 [唐]温庭筠[1]

芍药蔷薇语早梅，不知谁是艳阳才。
今朝领得春风意[2]，不复饶君雪里开[3]。

【难点疏通】

①温庭筠(812～870)：原名岐，字飞卿，太原人。少负才名，然屡试不第。又好讥讽权贵，多犯忌讳，因而长期抑郁，终生不得志，仅做个国子助教的小官。精通音律，熟悉词调，在词的格律形式上，起了规范化的作用。其词题材较狭窄，多红香翠软，开“花间词”派香艳之风。 ②领得：懂得，明白。 ③饶：让。

【诗义解说】

芍药蔷薇对早开的梅花说，不知谁是艳阳天里盛开的鲜花。今天明白了春风的用意，就不再让你在雪里盛开。

明·陈录《孤山烟雨图》

这是一幅近九米的长卷，图的中部绘几株老梅，细嫩的枝条向左右努力伸展。老干枝杈，横斜交错，繁花似雪。千花万蕊，让人眼花缭乱。梅干用飞白法绘出，梅花用染纸留白的烘托法，突出了花瓣的洁白。用笔从容潇洒，墨色清润淡雅，是画家的传世之作。这里选的是局部。

春　雪 [唐]焦郁[1]

春雪空蒙帘外斜[2]，
霏微半入野人家[3]。
长天远树山山白[4]，
不辨梅花与柳花。

【难点疏通】

①焦郁：元和间人。存诗三首。余不详。②空蒙：迷茫缥缈的样子。　③霏微：雾气、细雨等弥漫的样子。野人家：居住在乡野的人家。　④长天：辽阔的天空。

【诗义解说】

春天的雪花在帘子外扬扬洒洒，有一半的雪花都进入了乡野人家。辽阔的天空遥远的群山一片洁白，分辨不清那是梅花还是柳花。

明·陈录《梅花图》

此图绘一株苍劲的老梅昂扬向上，生长十分有力。枝干遒劲，花朵繁密，画的顶部，由梅花托起一轮明月。画家使用染底留白的方法绘成朵朵梅花，勾皴点染绘成苍苍老枝，把皎洁的月光、梅花的幽香淋漓尽致地表现了出来。构图饱满有力，表现出梅花清癯耐寒的美。

岸梅

[唐]崔橹[①]

含情含怨一枝枝，斜压渔家短短篱。
惹袖尚余香半日，向人如诉雨多时。
初开偏称雕梁画[②]，未落先愁玉笛吹[③]。
行客见来无去意[④]，解帆烟浦为题诗[⑤]。

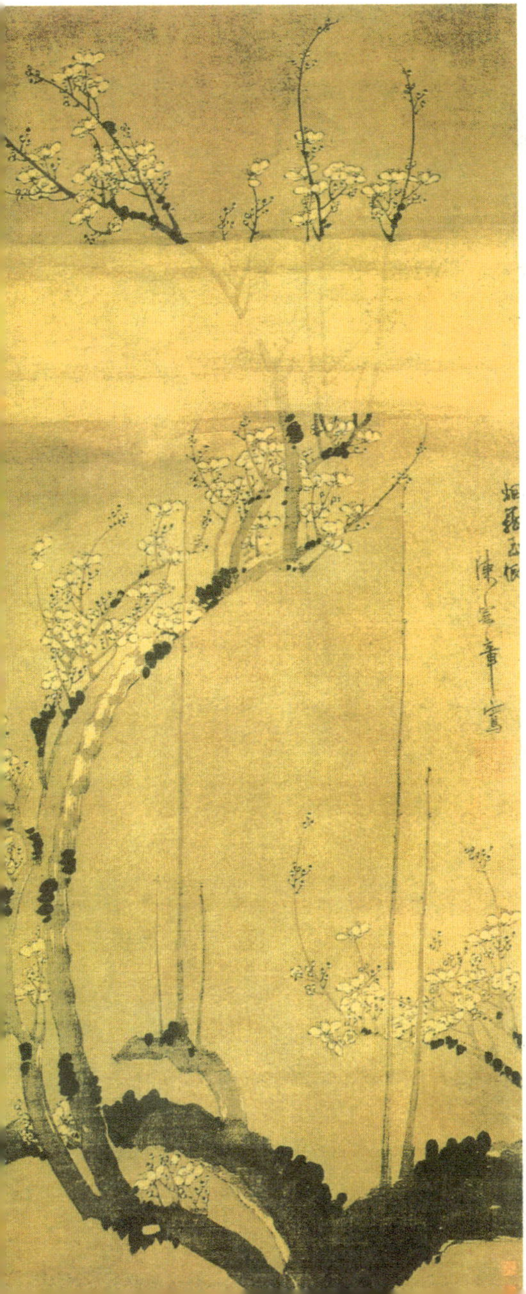

【难点疏通】

①崔橹：大中年间（一作广明年间）举进士，曾任棣州司马。今存诗十六首。余不详。②雕梁：绘有彩色图案的房梁。　③“未落”句：指笛曲《梅花落》。　④行客：来往的客人。　⑤烟浦：烟雾弥漫的水边。

【诗义解说】

一枝枝梅花含着深情含着幽怨，斜斜地压在渔家的短短围篱。沾在衣袖上还留有半天的香气，雨下个不停如诉如泣。刚开的时候就像雕梁上的图画，还没凋落先听到笛声吹起。来来往往的行人驻足树下没有离开的意思，解下船帆在烟雾笼罩的水边题写一首新诗。

明·陈录《烟笼玉树图》

此图布置别具一格，气象清新。梅树枝干纵横，虬曲的老干以墨笔直绘，再横点重墨，更显苍老遒劲。嫩枝笔直，相互穿插。繁花散于纤枝之间，只用简洁的双勾，冷艳寒香便扑面而来。一缕烟雾横遮梅梢，更添清逸之姿。

人日新安道中见梅花[1]

[唐]罗隐[2]

长途酒醒腊天寒，嫩蕊香英扑马鞍。
不上寿阳公主面[3]，怜君开得却无端[4]。

【难点疏通】

①人日：农历正月七日。　②罗隐(833～909)：字昭谏，新城(今浙江富阳市)人。晚唐著名诗人。大中十三年(859)底至京师，应进士试，历七年不第。后来又断断续续考了几年，总共考了十多次，史称“十上不第”。黄巢起义后，避乱隐居九华山，光启三年(887)归乡依吴越王钱镠，历任钱塘令、司勋郎中、给事中等职。　③寿阳公主：南朝宋武帝女儿。相传正月初七寿阳公主在宫里梅花林赏梅，一时困倦，就在殿檐下小憩，正巧一朵梅花飘然落在额上，醒来后留下五瓣淡淡红色的痕迹，拂之不去。于是宫女纷纷效仿，“梅花妆”因此而流传。　④无端：没有来由。

【诗义解说】

长途跋涉酒醒在寒冷的腊月天，新鲜的花蕊芳香的花瓣扑向马鞍。如果上不了寿阳公主的面，可怜你开得再好也是徒然。

明·陈录《万玉图》

此图写倒垂梅树一株，枝由右上角伸出，主干弧形弯曲，呈“S”形构图，构成梅枝总的动势。小枝则有穿插与变化，形成枝蕊参差交错、俯仰顾盼、梅花烂漫怒放的景象。图中以没骨写干，双勾圈花，淡墨渲染背景，突出千条万玉、花团锦簇的视觉效果。

春 陌

[唐]韦庄[1]

满街芳草卓香车[2]，仙子门前白日斜[3]。
肠断东风各回首，一枝春雪冻梅花。

【难点疏通】

①韦庄(836～910)：字端己，唐末五代诗人，长安杜陵(今属陕西长安县)人，昭宗乾宁元年(894)进士。年轻时生活放荡，后入蜀。王建建立前蜀，自为皇帝，任命他为宰相。诗词都很有名，语言清丽，多用白描手法写闺情离愁和游乐生活。 ②卓：停，停留。香车：用香木做的车。泛指华美的车或轿。 ③仙子：比喻容颜姣好的女子。

【诗义解说】

满街长着香草停着豪华的车轿，走到美女家门前太阳已经偏西。令人肠断的东风吹来一齐回头看去，春雪中一枝冰冻的梅花正开得艳丽。

明·王谦《卓冠群芳图》

王谦，生卒年不详，约活动于明正统年间。字牧之，号冰壶道人。钱塘（今浙江杭州）人。善画梅，笔法苍古，幽韵动人。为明代画梅名家。图绘一株老梅，平行上展的新枝同虬曲的老干形成对比。梅花以勾瓣点蕊的方法绘出，冷艳奇丽，犹如万玉缀枝，璀璨异常。

梅花

[唐]罗邺①

繁如瑞雪压枝开，越岭吴溪免用栽②。
却是五侯家未识③，春风不放过江来。

【难点疏通】

①罗邺(825～?)：余杭（今浙江杭州）人，有“诗虎”之称。约唐僖宗乾符中前后在世。擅长律诗，才智杰出，笔端超绝，气概非凡。其宗人罗隐、罗虬俱以声律著称，号“江东三罗”。仕途不得志，郁郁而终。 ②越岭吴溪：指浙江、江苏一带的山水。 ③五侯：指汉代同时封侯的五人。后也泛指权贵豪门。

【诗义解说】

盛开的梅花洁白如雪压弯了枝头，越地的山间吴地的水边到处都是不用去栽。可是那些富贵人家不懂得欣赏梅花，所以春风不放梅花到江北来。

明·王谦《冰魂冷蕊图》

图绘从右上角垂下一束梅枝，其中老干垂下后又顽强向上伸展，从左上角伸出画面，另一枝则向下延伸，从其弯曲的样子，可以让人感受到凛冽的寒风。枝上繁花似锦，为这株古老的梅树带来勃勃生机。下方露出一角山石，与下垂的梅枝相呼应。作品以淡墨晕染绢地，更衬出双勾梅花绮丽冷艳的姿色。

梅

[唐]崔道融①

溪上寒梅初满枝，夜来霜月透芳菲。
清光寂寞思无尽，应待琴尊与解围②。

【难点疏通】

①崔道融：生卒年不详。唐末诗人。自号东瓯散人。荆州江陵（今属湖北）人。乾宁二年(895)前后，任永嘉县令，后入朝为右补阙，不久因避战乱入闽。擅长作诗，与司空图、方干结为诗友。 ②解围：解除愁思。

【诗义解说】

寒冷中溪边上的梅花刚刚开满枝头，夜晚皎洁的月光下香气透进屋中。清冷的光景里思绪不尽，应该用琴瑟和酒杯来解除苦闷。

明·王谦《梅花图》

图绘折枝老梅从画面右下角向左上伸出，虬干挺拔，梅枝纵横交错，气势磅礴。枝头繁花怒放，一派生机勃勃的景象。用笔雄健，墨色厚重，粗细相间，错落有致。一种傲然独立、宁折不弯的精神跃然纸上。

早梅

[唐]齐己①

万木冻欲折，孤根暖独回。
前村深雪里，昨夜数枝开。
风递幽香出，禽窥素艳来②。
明年如应律③，先发望春台④。

【难点疏通】

①齐己(863～937)：唐代诗僧，俗名胡得生，潭州益阳（今湖南宁乡）人。幼时家境贫寒，父母早逝。少年聪颖，放牛时经常拿竹竿在牛背上比划作诗。顺庆寺僧侣十分惊异，劝他剃度出家。齐己出家后先居峒庆寺，解惑顿悟，声名大振。虽皈依佛门，却钟情吟咏，诗风古雅，格调清和。②素艳：指洁白的梅花。　③应律：应合历象节气。　④望春台：观赏春景的高台。

【诗义解说】

所有的树木在严寒中像要折断，只有梅树的根先有暖气回转。前面村子深深的雪里，昨天晚上有几枝开得正艳。寒风习习带着缕缕香气，禽鸟偷偷地把美丽的梅花观看。明年如果还是这个时候盛开，那就应开在望春的台子前。

明·文徵明《冰姿倩影图》

文徵明(1470～1559)，原名壁，字徵明。明代画家、书法家、文学家。长州（今江苏苏州）人。四十二岁起以字行。因先世衡山人，故号衡山居士，世称文衡山。曾官翰林待诏。在诗文上，与祝允明、唐寅、徐真卿并称“吴中四才子”。在画史上与沈周、唐寅、仇英合称“吴门四家”。图绘一株老梅刚劲有力，几经转折，直达画的顶部，弯曲处多为直角，颇有铮铮铁骨的气概。枝干上花朵不多，但潇洒飘逸。树干用干笔擦染，更具有沧桑之感。

梅

[唐]郑谷[1]

寒步江村折得梅，孤香不肯待春催。
满枝尽是愁人泪，莫殢朝来露湿衣[2]。

【难点疏通】

①郑谷(约851～910)：唐朝末期诗人。字守愚，宜春（今属江西）人。僖宗时进士，官都官郎中，人称“郑都官”。又以《鹧鸪诗》得名，人称“郑鹧鸪”。其诗多写景咏物之作，表现士大夫的闲情逸致。风格清新通俗。曾与许裳、张乔等唱和往还，号“芳林十哲”。　②殢(tì)：滞留。

【诗义解说】

迎着寒冷来到江边小村折得一枝梅花，孤独的香气不肯等到温暖的春天。满枝满树都是忧愁人的眼泪，用不着等到早晨露水湿了衣衫。

明·陈英《岁寒不替图》

陈英，字文实，画家陈录之子，浙江绍兴人。明宣德、成化年间画家，书画承袭父风。图绘一株粗壮的梅树，自上垂下，可谓独出机枢。纤枝繁密，一枝下垂成弧形，颇具婀娜之姿。枝干以淡墨作没骨，然后勾点花蕊，苍劲中透着清新秀雅。图上题诗道：“江南十月天雨霜，人间草木不敢芳。独有溪头老梅树，面皮如铁生光芒。”

旅馆梅花

[唐]吴融①

清香无以敌寒梅②，可爱他乡独看来。
为忆故溪千万树③，几年辜负雪中开。

【难点疏通】

①吴融：字子华，越州山阴(今浙江绍兴)人。生卒年不详。昭宗龙纪元年(889)登进士第。曾随宰相韦昭度出讨西川，任掌书记，累迁侍御史。一度去官，流落荆南，后召为左补阙，拜翰林学士、中书舍人。天复元年(901)受命于御前起草诏书十余篇，顷刻而就，深得昭宗激赏，进户部侍郎。同年冬，昭宗被劫持至凤翔，吴融扈从不及，客居阌乡。不久，召还为翰林学士承旨。卒于官。他的诗基本上属于晚唐温庭筠、李商隐一派，多流连光景、艳情酬答之吟唱，很少触及重大社会主题，前人评为“靡丽有余，而雅重不足”（《唐才子传》）。②敌：超过。③故溪：故乡溪边。

【诗义解说】

没有任何香气比得过寒冷中的梅花，令人欣慰的是远在他乡独自看到了它的姣容。回想起家乡溪边那千万株梅树，几年来辜负了它一直在雪中开得繁盛。

明•孙启《梅花图》

孙启，生平事迹、籍贯故里均不详，只知道其字为雪轩，擅画梅花。此图构图奇特，画面主要集中在上半部，一束梅枝从图的右上侧伸出，老干苍劲，刚健有力，嫩枝纤细，婀娜多姿。枝上繁花峥嵘，迎寒盛开，人们仿佛能够感受到缕缕清香从画面上透出。下部岸边点缀着一块山石，扩大了画面的容量。图中梅干用飞白法横扫，浓墨点疤痕，用笔迅疾，中锋细笔勾花瓣，略染质地，以衬托梅花的洁白。构图上密下疏，以险取胜。

梅花坞

[唐]陆希声[1]

冻蕊凝香色艳新，小山深坞伴幽人[2]。
知君有意凌寒色，羞共千花一并开。

【难点疏通】

①陆希声：字鸿磐，自号君阳遁叟(一称君阳道人)，苏州人。出身名门世家。博学善文，精通《易经》《春秋》《老子》，论著甚多。唐昭宗时拜为宰相。诗文多描写山水风光。死后赠尚书左仆射，谥曰文。 ②幽人：隐居之人。

【诗义解说】

冰冻的花蕊上凝聚着香气颜色十分艳丽，在小山峡谷里陪伴着幽人隐居。知道你有意冒着严寒盛开，不肯与其他的花朵开在一起。

明·吕纪《山茶锦鸡图》

吕纪(1477～?)，字廷振，一作廷孙，号乐愚，一作乐渔，鄞（今浙江宁波）人。善画凤、鹤、孔雀、鸳鸯之类，杂以花树，灿烂夺目，间作山水人物。图上一株老梅树占据了主要画面，洁白的梅花艳丽夺目。一只锦鸡栖于干上，回首理羽，另一只在树下低头觅食。梅枝上还落着数只禽鸟，树旁有丛竹和盛开的茶花、月季、水仙等，虽是初春，但已是春意浓郁。花鸟用笔工细，花卉都用双勾法填彩。

江雨望花

[唐]崔涂[1]

细雨满江春水涨，好风留客野梅香。
避秦不是无归意[2]，一度逢花一断肠。

【难点疏通】

①崔涂(854～?)：字礼山，今浙江富春江一带人。唐僖宗光启四年(888)进士。终生飘泊，漫游巴蜀、吴楚、河南、秦陇等地，故其诗多以飘泊生活为题材，情调苍凉。　②避秦：指晋陶潜《桃花源记》中的避秦人，文中说："自云先世避秦时乱，率妻子邑人来此绝境，不复出焉。"后以"避秦"指避世隐居。

【诗义解说】

细雨洒满江面春水开始上涨，好风吹来款留客人传来野梅的芳香。避世隐居并不是没有归意，看到梅花一次就断了一次肝肠。

明·吕纪《雪梅集禽图》

图绘雪坡上一株苍劲蟠曲的梅树向右斜伸出画面，枝条又从上方回转过来，旁侧还有山茶和翠竹相伴，可谓匠心独运。数只麻雀栖息于梅树之上，一只五彩缤纷的山雉站在山坡上，另一只隐于树后，二者相向而视。山雉、花竹均用笔勾勒填彩，十分艳丽。树干及坡石用笔粗放，工写结合，刚柔相济。

介庵赠古墨梅酬以一篇 [五代]詹敦仁[1]

开屏展素看梅花[2]，淡蕊疏枝蓦蓦斜[3]。
墨散余香点酥萼[4]，月留残影照窗纱。

【难点疏通】

①詹敦仁(914～？)：五代光州固始（今属河南）人。字君泽，素号博雅。避乱至闽，隐于仙游植德山。曾上书闽王王昶，受到赏识，欲授官，坚辞不受。清源节度使留从效招为官，他要求管理小溪场，请升场为县，即安溪县。不久请人自代，隐居佛耳山，数年后卒。　②开屏展素：展开素绢制成的画屏。　③蓦蓦：花枝倾斜貌。　④酥萼：柔美的花萼。

【诗义解说】

展开白色的画屏看到了梅花，淡淡的花蕊疏疏的枝条在风中飘荡。柔美的花萼上还散发着墨的香气，将落的月光仍然留在窗纱之上。

明·吕纪《梅竹山禽图》

雪坡上两株古梅虬曲如龙，占据了主要画面，枝头白花点点，另有一株红茶与之交相辉映。树的根部野草披拂，竹叶翠绿，野果红润。一群山禽集于高枝之上，顾盼生姿；下部两只山雉落在树干上，相对而视，低声絮语。树干背阴处用浓墨，上部点白粉以为雪。构图曲折，主次分明，用笔精工，设色艳丽。

梅花 [五代]李中[1]

群木方憎雪，开花长在先。
流莺与舞蝶[2]，不见许因缘[3]。

【难点疏通】

①李中：五代南唐诗人，生卒年不详。字有中，江西九江人。仕南唐为淦阳宰。后曾任淮西某县令。周世宗南伐，陷于周师，接受新的任命，后弃官归南唐养亲。宋乾德初任吉水尉，历新喻、安福、晋陵等县令。不久死去。毕生有志于诗，成痴成魔，勤奋写作，自谓“诗魔”。琴棋书画无所不通，书法尤佳，善草书。②流莺：即莺。流，指其鸣声婉转。　③许：些许，一点儿。因缘：缘分。

【诗义解说】

所有的树木都憎恨寒冷的雪天，只有梅花常常开在百花之前。鸣声动听的莺鸟与飞舞的蝴蝶，与梅花没有一点儿情感的牵连。

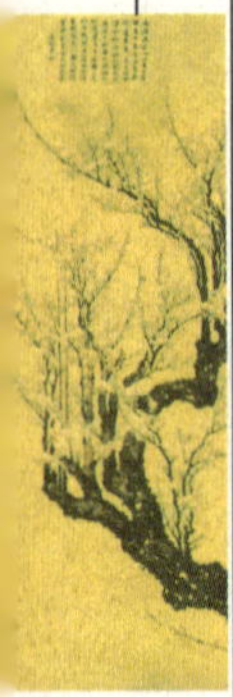

明·吕纪《寒香幽鸟图》

寒香当然出自梅花，所以梅花成了画面的主体。上部一株老干蟠曲而上，细枝交错，山石上另一株细枝垂下，树上白梅十分艳丽，另有绿竹红果穿插其间。山间溪流淙淙，高枝上落着一对腊嘴，一对白头翁相对絮语。岩石上站着一对山雉，一只抬头仰望，一只低头下视。以斧劈皴画山石，树干用笔粗放。禽鸟用笔工细，设色鲜艳夺目。

大石岭驿梅花 [五代]王周[1]

仙中姑射接瑶姬[2]，成阵清香拥路岐[3]。
半出驿墙谁画得，雪英相倚两三枝。

【难点疏通】

①王周：据《全唐诗》："登进士第。曾官巴蜀。诗一卷（胡震亨云：唐、宋《艺文志》并无其人，惟《文献通考》载入唐人集目中。今考《峡船诗序》引陆鲁望《茶具》诗，其人盖在鲁望之后。而诗题纪年有戊寅、己卯两岁，近则梁之贞明，远则宋之太平兴国也。自注地名，又有汉阳军、兴国军，为宋郡号，殆五代人而入宋者）。" ②姑射(yè)：为中国古代传说中的神话人物。《庄子•逍遥游》："藐姑射之山，有神人居焉。肌肤若冰雪，绰约若处子。不食五谷，吸风饮露，乘云气，御飞龙，而游乎四海之外。其神凝，使物不疵疠而年谷熟。"瑶姬：古代神话中西王母的女儿。这里均比喻梅花。 ③路岐：岔路。岐，通"歧"。

【诗义解说】

像仙中的姑射又像西王母的女儿瑶姬，一阵阵的香气堆积在岔路口处。一半伸出驿站墙外谁能画得出来，雪花与梅花相互依存有两三枝。

明•吕纪《雪柳双凫图》

图绘冬天雪后的情景。岸边坡上，一株古柳参天，嫩枝条条垂下，枝上落着白雪。树下两只野鸭并肩而立，缩着脖子，让人感受到了冬天的寒冷。从左侧伸进画面的一枝梅花，打破了寒冷的局面，一股暖意缕缕传出。梅枝上还落着几只山鸟，顾盼生姿。柳树与梅枝呈十字交叉状，打破了画面的板直。作品很好地采用了对比法，遒劲挺拔的柳干与柔和的嫩枝刚柔并济，写意的坡石与工笔的禽鸟互为映衬，梅花之白与雪之白相映成趣。

雨后溪边见早梅 [五代]詹琲[1]

老干疏枝浸寒碧，浅香孤韵带微霜。
迎风破萼未全拆[2]，含笑佳人对晓妆。

【难点疏通】

①詹琲(bèi)：詹敦仁之子。号凤山山人，人称年德居士，安溪县崇信里多卿乡（今祥华乡美西村）人，约生于后汉乾祐三年(950)。代陈洪进撰《献地表》纳土归宋，追封靖贞侯。生长于书香世家，从小受到很好的家庭教育，有文学修养，尤长于诗。 ②破萼：开花。

【诗义解说】

苍老的树干疏疏的枝条沉浸在寒冷之中，淡淡的香气孤高的风韵带着淡淡的霜。迎风破开了萼片并没有全部放开，就好像含笑的佳人清晨起来对镜梳妆。

明·雷澹《雪梅山禽图》

雷澹，生卒年不详，约生活于明代中期，四明（今浙江宁波）人。花鸟师法吕纪。图绘坡石上长着一株老梅，从右侧破出画面，又从上方转了回来，枝上梅花迎寒盛开。树下一条小溪潺潺流淌，山茶和绿竹疏落有致。高枝上落着数只山雀，两只锦鸡蹲在树的根部，致使整个画面色彩艳丽，五彩缤纷。作品染地留白，又用白粉点簇以表现积雪。花卉双勾填充，禽鸟用笔缜密细致。

寒梅词　[五代]李九龄[1]

霜梅先拆岭头枝[2]，万卉千花冻不知。
留得和羹滋味在[3]，任他风雪苦相欺。

【难点疏通】

①李九龄：生卒年不详。洛阳人。唐末进士。入宋，又中太祖乾德二年(964)进士第三名。著有《李九龄诗》一卷，皆七言绝句。《全唐诗》录其诗二十三首。　②岭头：指大庾岭。拆：开。　③和羹滋味：因梅味酸，可做调味品。《尚书·说命下》："若作和羹，尔惟盐梅。"

【诗义解说】

大庾岭上的梅花总是首先带着霜开，其他的万卉千花因为寒冷还没有知觉。花开之后仍可以留作调味的用品，任凭它风吹雪打有什么关系。

明·佚名《岁寒禽趣图》

最能表现岁寒的，是画面上部的那枝梅花。梅树背后两竿竹子破出画面，翠绿的竹叶迎风招展。一块又瘦又秀的湖石和石旁一枝艳丽的山茶，构成了一组别开生面的画图。坡地上四只野鸽，有三只在低头觅食，一只抬头仰望。梅树上还有两只小鸟，一前一后环抱树干，窃窃私语，为画面增添了无限情趣。整个画面设色艳丽，禽鸟均用工笔，翠竹双勾后填色，树干、湖石等用写意，生动活泼。

山园小梅

[北宋]林逋①

众芳摇落独暄妍②，占尽风情向小园。
疏影横斜水清浅，暗香浮动月黄昏。
霜禽欲下先偷眼③，粉蝶如知合断魂④。
幸有微吟可相狎⑤，不须檀板共金樽⑥。

【难点疏通】

①林逋(967或968～1028)：字君复，后人称为“和靖先生”，北宋初年著名隐逸诗人。终生不仕不娶，惟喜植梅养鹤，自谓“以梅为妻，以鹤为子”，人称“梅妻鹤子”。今存词三首，诗三百余首。后人辑有《林和靖先生诗集》四卷。　②众芳：百花。摇落：被风吹落。暄妍：明媚美丽。　③霜禽：寒冷中的鸟雀。　④合：应该。　⑤微吟：低声地吟唱。狎：亲近。　⑥檀板：演唱时用的檀木柏板。金樽：豪华的酒杯。

【诗义解说】

百花凋零后只有梅花迎着寒风昂然盛开，那明媚艳丽的景色把小园的风光占尽。稀疏的影子横斜在清浅的水中，清幽的芬芳在黄昏的月光下浮动。寒雀想要下来先偷偷地看上一眼，蝴蝶如果知道梅花的妍美定会丢掉灵魂。幸喜我能低声吟诵可以跟梅花亲近，不用敲着檀板唱着歌手捧金杯就可以欣赏它的美景。

明·唐寅《梅花图》

唐寅(1470～1523)，字伯虎，又字子畏，号六如居士。吴县（今苏州）人。弘治十一年（1498）举应天解元。后应进士试，因科场案被革黜。秉性疏朗，任逸不羁。画以人物最为著名，但山水、楼观、花鸟也无不臻妙，自成一格。图绘折枝墨梅，自题七言诗一首：“黄金布地梵王家，白玉成林腊后花。对酒不妨还弄墨，一枝清影写横斜。”抒发了自己的清高逸气。梅枝曲折向上，花朵随枝点染，笔墨十分干净简练。画幅以大面积的空白，用潇洒飘逸的行书题诗，表现了文人画在诗画结合上的特点，也反映了作者在绘画、书法、文学艺术修养方面的成就。

梅花五首之二

[北宋]林逋

吟怀长恨负芳时①，为见梅花辄入诗②。
雪后园林才半树，水边篱落忽横枝。
人怜红艳多应俗，天与清香似有私。
堪笑胡姬亦风韵③，解将声调角中吹④。

【难点疏通】

①负芳时：辜负了鲜花盛开时节。　②辄：就。　③胡姬：北方少数民族的女孩。④“解将”句：胡家少女有真趣，能将《梅花落》之类曲调用北方军号吹奏出来，别有风味。解，能。声调，这里指《梅花落》《梅花三弄》之类的曲调。多为笛曲。角，古乐器名，出于西北地区游牧民族，多用作军号。

【诗义解说】

吟咏常常担心辜负鲜花盛开时节，见到梅花就一定要写诗。一场雪后园林里的梅树才开了一半，靠近水边的篱笆忽然间横起了梅枝。人们都喜欢的鲜艳颜色太过俗气，上天把清香给了梅花似别有情意。可笑的是北地的女孩也懂得梅的风韵，能把笛曲《梅花落》用角声吹出。

明·陈道复《墨花十二种·梅花》

陈道复(1483～1544)，明画家。初名淳，字道复，后以字行，改字复甫，号白阳山人，长洲（今江苏省苏州市）人。擅画花卉，笔致放逸，自成面目。后世称其与徐渭为“青藤白阳”。山水亦佳，工书法，善诗文。自小天资颖异，凡经学、古文、诗词、书法，无不精研通晓。此长卷绘十二种花卉，分为十二开，每开一花，并自题行草书诗。花卉墨色较简率。这里选的是梅花一幅，梅花主干用笔细腻，气足神备，似枯而有生机。

探梅 [北宋]张景[①]

跨蹇度溪桥[②]，处处寻春信[③]。
春枝摊蓓蕾[④]，唤仆频频认。

【难点疏通】

①张景(970～1018)：字晦之，北宋江陵府公安县（今属湖北）人，著名学者。青少年时代与柳开交游，柳把家中藏书全部交给他，张勤奋攻读。后来和当时名士孙仅、朱严等交往甚密，声誉日振。真宗咸平三年(1000)考中进士。调馆陶(今属河北)主簿。因案受牵连，谪贬金州（今陕西安康）。不久为房、襄二州文学参军。龙图阁直学士陈尧咨知道他的才学，推荐他为宝应(州名，在今江苏境内)主簿，官至大理评事。　②蹇：驽马，瘦驴。　③春信：春天的信息。　④摊：布满。

【诗义解说】

骑着瘦驴走过溪上的小桥，处处寻找春天的印痕。春天的梅树枝上布满了花骨朵，把仆人叫过来一遍遍辨认。

明·沈仕《花卉图卷》

沈仕(1488～1565)，字懋学，一作子登，号青门山人，仁和（今杭州）人。工山水，风神气韵，高出流辈。花鸟亦佳。生平雅好诗翰，多蓄法帖名画，朝夕展玩，久之有得，援笔挥洒，殊胜专门，更入妙品。这幅长卷所绘折枝没骨花卉，共分十段，均行书题款。这里选的是梅花一段。画面构图简单，两枝梅花一长一短，长者先向下，然后又折向上，小枝亦然。树干时浓时淡，花为圈花染色。图简而意不简，耐人寻味。

早梅　[北宋]刘元载妻[①]

南枝向暖北枝寒，一种春风有两般。
凭仗高楼莫吹笛[②]，大家留取倚阑干。

【难点疏通】

①刘元载妻：据《诗话总龟》，说她有诗才，仁宗天圣年间孙冕为其诗作序。余不详。　②莫吹笛：不要吹笛曲《梅花落》，因此曲常在梅花落的时候吹。

【诗义解说】

向南的枝条暖和向北的寒冷，一样的春风却有这两种不同。站在高楼上不要吹《梅花落》的笛曲，大家正倚着栏杆欣赏梅花的美景。

明·谢时臣《折梅图》

谢时臣，明代画家。生卒年不详，字思忠，号樗仙。吴（今江苏苏州）人。工书法，长于隶书。擅山水，作品多构为长卷巨幛，以善画水著称，江河湖海，无不精好。又作山峦重叠，高耸险峻，笔墨或细密苍劲，或劲健沉郁，或纵横纷披，富有变化。图绘以梅为妻、以鹤为子的林和靖，他扶梅而立，注视着家僮修剪梅枝。全图用笔方劲，意境幽深。自题诗曰："林逋自是神仙客，冰玉丰姿锦绣胸。吟出横斜清浅句，暗香疏影有无中。"

和提刑赵学士探梅三绝之一 [北宋]范仲淹①

萧条腊后复春前，雪压霜欺未放妍②。
昨日倚阑枝上看，似留芳意入新年。

【难点疏通】

①范仲淹(989～1052)：字希文。北宋政治家、文学家、军事家，谥号“文正”。祖籍陕西邠州(今陕西省彬县)，生于苏州吴县（今江苏省苏州市）。真宗大中祥符八年(1015)进士，后官至参知政事（副宰相）。他的诗、词、文都有很高的成就。 ②放妍：花开。

【诗义解说】

进入腊月以后春天到来之前一片萧条，雪压在枝上寒霜笼罩梅花没有放出笑脸。昨天倚在栏杆上看着枝条，好像要留下芳香的意思进入新的一年。

明·陆治《梅石水仙图》

陆治(496～1576)，字叔平，号包山，吴县（今江苏苏州）人。工诗文，善行、楷书法。善画花鸟、山水，花鸟以工笔见胜，勾勒精细，意境清朗。一块巨石居于画面中部，略呈方形，浓厚而稳重。灵芝、水仙、梅花均围绕巨石展开，两棵灵芝位于石的前部，水仙位于石的左侧，梅花从石的左侧伸向石的后部。水仙盛开，梅花怒放，一派勃勃生机。画法以工笔重彩为主，设色妍丽厚重，晕染细致，有层次感。

惠安县斋咏梅[1]

[北宋]陈执中[2]

去年边上见梅花[3]，醉眼淹留未到家[4]。
今日岭南攀折得，忽惊身又在天涯。

【难点疏通】

①惠安县：今属福建。　②陈执中(990～1059)：字昭誉，北宋洪州南昌（今属江西）人。父名恕，为朝官，凭父荫，为秘书省正字（校正书籍的官），有机会博览群书。之后在警卫、司礼等官署机构任职。真宗咸平六年(1003)出任梧州知州，政绩斐然。《宋史》有传。　③边上：边地，边境。　④淹留：滞留。

【诗义解说】

去年在边地见到了梅花，因为醉后滞留没有回家。今年在岭南折得一枝，忽然发现自己又远在天涯。

明·陆治《山水人物图·观梅》

图的下方以斧劈皴浓墨描绘山石，顿时使画面有了一种稳定感。山石上长着一株铁骨铮铮的梅树，干挺枝展，刚劲有力，正含苞待放。远山淡抹，隐约可见。一老者拄杖立于梅树之前，十分投入地在欣赏梅树。全图颜色搭配合理，主题突出，与众不同。

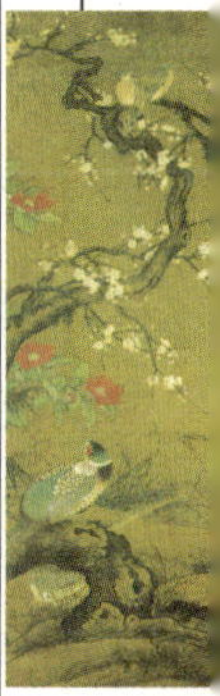

红 梅

[北宋]王琪[1]

馆娃宫里旧精神[2]，粉瘦琼寒露蕊新。
园吏无端偷折去，凤城从此有双身[3]。

【难点疏通】

①王琪：字君玉，华阳（今四川成都）人，徙舒（今安徽庐江）。进士及第，曾任江都主簿。天圣三年(1025)上时务十事，仁宗嘉之，命试学士院，授大理评事、馆阁校勘、集贤校理，知制诰等。嘉祐中守平江府。数临东南诸州，政尚简静。以礼部侍郎致仕。②馆娃宫：在今苏州灵岩山。公元前494年，越王因战败赴吴作人质，同时进贡大量珍宝和美女取悦夫差。夫差宠爱越王进贡来的美女西施，特地为她兴建了这座规模宏大的离宫。③凤城：长安曾名凤城，后代指京城。双身：两种梅花。

【诗义解说】

本来就是馆娃宫里原有的鲜花，花粉细小花瓣寒冷露出的花蕊十分清新。管园的小官无缘无故偷着折去一枝，从此京城就有了两个梅花品种。

明·王谷祥《松梅芝石图》

王谷祥(1501～1568)，字禄之，号酉室，长洲（今江苏苏州）人。嘉靖八年(1529)进士，官吏部员外郎。善写生，渲染有法度，意致独到，即一枝一叶，亦有生色。为士林所重。篆籀八体及摹印，并臻妙品。图的左侧有高大挺拔的松树两株，上破画面，松针历历，刚劲有力。松旁一块形状怪异的湖石，玲珑剔透。松后有梅树伸出，白花点点。下部溪水奔流，岸边长着灵芝、兰草，生机盎然。用笔工细，石法简劲，设色淡雅，风格别具。

梅花

[北宋]王琪

不受尘埃半点侵，竹篱茅舍自甘心。
只因误识林和靖[1]，惹得诗人说到今。

【难点疏通】

①林和靖：见第50页注①。

【诗义解说】

不受尘埃的半点侵犯，生长在竹篱下茅舍前也甘心情愿。只是因为错误地认识了林和靖，惹得诗人们一直说到今天。

明·王谷祥《梅花图》

梅花的主干位于扇面的中部，呈弧形向右弯曲，向左一枝直伸，使梅的意象十分丰富。梅花的主干水墨饱满而含蓄，形体虬曲，显得苍老而优美，枝条用笔酣畅。花瓣用笔丰满滋润，似乎有暗香在画面上浮动。有人在画面上题诗云：“铁骨冰肌百世身，疏明瘦直一生真。玄云借我凌寒便，直上钧天试早春。”

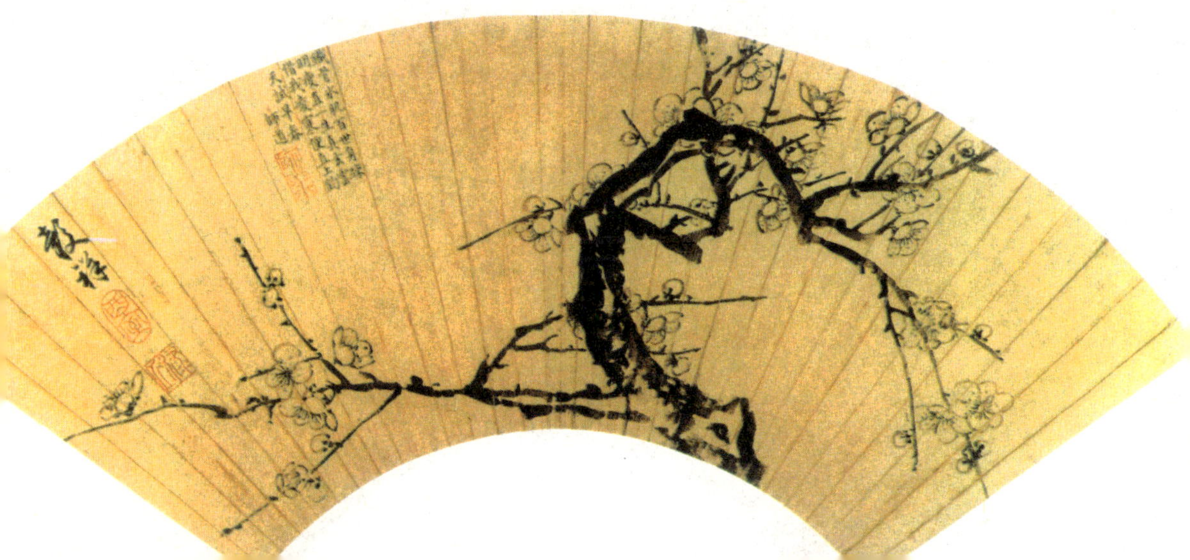

雪里寻梅

[北宋]宋祁①

雪里逢梅近腊时，梅姿雪态两相宜。
羡君此处留清赏，看遍溪头南北枝。

【难点疏通】

①宋祁(998～1061)：字子京，北宋安州安陆（今属湖北）人，后徙居开封雍丘（今河南杞县）。天圣二年(1024)与兄郊同登进士第，奏名第一。章献太后以为弟不可先兄，乃擢郊为第一，置祁第十，时号“大小宋”。历任大理寺丞、国子监直讲、史馆修撰等。与欧阳修同修《唐书》，书成，进工部尚书，拜翰林学士承旨。谥景文 。

【诗义解说】

雪里看到梅花已经快到腊月时节，梅的姿态雪的姿态两者相得益彰。羡慕的是您能够留在这里观赏清疏的美景，看遍了溪边南枝和北枝上的美好景象。

明•王谷祥《梅花水仙图》

此图画面简单，一束梅花，一棵水仙，相伴而生。梅花亭亭玉立，水仙摇曳生姿。虽为墨笔写成，仍可感受到严冬时节春气的萌动。此图梅花用笔飘逸灵秀，水仙用笔凝练敦厚，表现了彼此不俗的精神面貌。图上有作者自题诗一首：“仙卉琼英发，香花玉树新。月明江上望，疑是弄珠人。”

梅花 [北宋]梅尧臣①

似畏群芳妒，先春发故林。
曾无莺蝶恋，空被雪霜侵。
不道东风远，应悲上苑深②。
南枝已零落，羌笛寄余音③。

【难点疏通】

①梅尧臣(1002～1060)：字圣俞，世称宛陵先生，北宋著名诗人。宣州宣城（今属安徽）人。初试不第，以荫补河南主簿。皇祐三年(1051)始得宋仁宗召试，赐同进士出身，为太常博士，又为国子监直讲，累迁尚书都官员外郎，故世称“梅直讲”、“梅都官”。诗风关心现实，接近人民，注重诗歌的形象性，意境含蓄。 ②上苑：即上林苑，汉武帝刘彻于建元二年（前138）在秦的旧苑址上扩建而成的宫苑，规模宏伟，宫室众多。后泛指皇家园林。 ③羌笛：自汉代以来，流行在四川北部阿坝羌族居住之地，为六声阶的双管竖笛。

【诗义解说】

好像畏惧群芳的妒忌，春天到来之前就在原有枝干上发出新枝。本来就没有黄莺和蝴蝶的眷恋，又白白地遭到霜雪的侵袭。且不说距离东风到来还有很远，应该悲伤的是与皇家园林也有很远的距离。向南的枝上花朵已经凋落，只有《梅花落》的曲调还保留在羌笛里。

明·徐渭《花卉十六种图·梅竹》

徐渭(1521～1593)，山阴（今浙江绍兴）人。初字文清，后改字文长，号天池山人、青藤老人、青藤道人、青藤居士等。明代文学家、书画家。多才多艺，在书画、诗文、戏曲等领域均有很深造诣，且能独树一帜。这是徐渭画的一幅长卷，共绘牡丹、杏花、兰花、忘忧草、石榴、芙蓉、海棠、墨竹、菊花、水仙、梅花等十六种花卉，每种花卉后自题七绝一首，以托物言志的寓意手法，把花卉不同的特性人格化。这里选的是梅竹一幅。

雪中见梅花二首之二 [北宋]李觏[1]

数枝斜出短墙阴，密雪无端苦见侵。
天意似怜群木妒，尽教枯朽作瑶林[2]。

【难点疏通】

①李觏(1009～1059)：北宋思想家、诗人。字泰伯，北宋建昌军南城（今属江西）人，南城在盱江边，他在此地创建盱江书院，故世称“盱江先生”。家世寒微，自称“南城小民”。善辩能文，讲学自给，来学者常数十百人。仁宗朝曾为太学助教、直讲。 ②瑶林：带雪的树林。此指开满鲜花的梅树。

【诗义解说】

有几枝从短墙的阴凉处伸了出来，大雪没有缘由地苦苦进行逼迫。上天的意思好像担心受到百花的妒忌，让所有的枯木都开满白色的花朵。

明·徐渭《梅花蕉叶图》

此图画面集中在左侧，一株高大的芭蕉，舒展着几片巨大的叶子，一枝梅花从芭蕉的上部伸出。下部坡石上几枝小草披拂。用水墨写意法随意勾点梅花、芭蕉和怪石，形象虽然简朴，但仍不失神韵与法度。用笔纵逸豪放，构图疏密、浓淡、错落安排合理。

梅 花

[北宋]邵雍[1]

初春洛城梅开时，赏梅更吟梅花诗。
梅花虽开难远寄，唯寄梅诗伸所思。

【难点疏通】

①邵雍(1011～1077)：字尧夫，又称安乐先生、百源先生，谥康节，后世称“邵康节”，北宋理学家。著有《皇极经世》《伊川击壤集》《观物内外篇》《渔樵问对》等。

【诗义解说】

初春的洛阳梅花开的时候，观赏梅花更应该吟诵梅花诗。梅花虽然开了但路远难以寄达，只好写首梅花诗表达内心的情思。

明·徐渭《三友图》

寒冬袭来，万物凋零，只有梅花还在怒放，只有翠竹还泛着浓绿，只有松树还苍劲挺拔。三者因此受到历代文人的激赏，称之为“岁寒三友”，这正是本图所绘的内容。松干苍劲，松针刚劲，竹干挺拔，竹叶铮铮，梅花盛开，迎风冒雪。图用浓墨染出山石，与松、竹、梅相辉映。左侧留出大片天空，表现了一种刚直不阿的可贵精神。

和商洛章子厚升官早梅四首之二[①]

[北宋]邵雍

梅覆春溪水绕山，梅花烂漫水潺湲。
南秦地暖开仍早[②]，比至春初已数番[③]。

【难点疏通】

①商洛：古郡名。因境内有商山、洛水而得名。位于陕西省东南部，秦岭南麓，与鄂豫两省交界。　②南秦：指商洛，因其在秦岭之南，故称。　③比至：等到。

【诗义解说】

梅树覆盖在溪水上小溪绕着山流去，梅花开得烂漫溪水潺潺。因在秦岭之南所以开得很早，等春天到来的时候已经开了好几遍。

明·徐渭《花果图卷》

此幅长卷绘有多种花卉，共分十六段，每段都有题跋。粗看上去有些散乱，墨色淋漓，但细看上去极具神韵，生机勃勃，粗犷豪放。这里所选梅花一段，仅寥寥几笔，就把梅花傲寒不屈的精神表现了出来。

十一月后庭梅花盛开二首之一 [北宋]蔡襄[1]

迎腊梅花无数开[2]，旋看飞片点青苔[3]。
幽香粉艳谁人见？时有山禽入树来。

【难点疏通】

①蔡襄(1021～1067)：北宋政治家、书法家、诗人。字君谟，兴化仙游（今属福建）人。官至端明殿学士。工正、行、草书，也善章草。学虞世南、颜真卿，兼取晋人法，正楷端重沉着，行、草温淳婉丽。与苏轼、黄庭坚、米芾并称“宋四家”。卒赠礼部侍郎，谥号忠。 ②无数开：开了无数。 ③旋：接着。

【诗义解说】

到了腊月梅花开了无数，接着又看见花瓣落在了青苔。浓郁的香气艳丽的颜色谁能看见？不时有山禽进到树林中来。

明·周之冕《花鸟图册·梅花》

周之冕(1521～？)，字服卿，号少谷，长洲（今江苏苏州）人。擅花鸟，喜用勾勒法画花，以水墨点染叶子，画法兼工带写，人称勾花点叶法。所作花鸟，形象真实，意态生动。写意花鸟最有神韵。又善古隶。此图册共十二开，分别绘桂花翠鸟、折枝梅花、梨花飞燕、桃花双燕、芙蓉飞禽、芭蕉竹石等。这里所选梅花一段，极具特色，老干新枝，从上方垂下，嫩枝纤细绵长，婀娜多姿，点点梅花，正在盛开，似有暗香浮动。

晏相公西园雪后栽梅三首之二 [北宋]韩维[1]

才看如粟吐花床[2]，已想江南万里香。
小缀柔枝得残雪，密催繁艳喜晴阳。

【难点疏通】

①韩维(1017～1098)：字持国，开封雍丘（今河南杞县）人。官至龙图阁直学士、太子少傅，在政治上属于王安石新党。后旧党执政，被贬均州。与苏舜钦、梅尧臣作诗唱和，在当时颇有声名。诗风古淡舒畅。 ②花床：指花附着的枝干。

【诗义解说】

刚刚看到只有粟米那么大的花苞，就能想到江南已经是万里飘香。未化尽的雪还缀在柔弱的枝条上，阳光明媚的日子里在紧密地催促着鲜花开放。

明·周之冕《花卉图卷》

此幅长卷画了五十几种四季花卉，描绘细致，设色艳丽，让人有种身处百花园的感觉。图中花卉大致以季节排列，先春花，次夏卉，再秋而冬。梅花一段居于最后，曲曲折折，嫩枝四伸，鲜花朵朵。画面虽简，但韵味无穷。此处所选为局部。

和圣俞逢卖梅花 [北宋]刘敞[1]

东阡北陌竞春游[2]，弄雪翻云为少留。
落去能无怨羌笛，折来端是乱乡愁[3]。

【难点疏通】

①刘敞(1019～1068)：字原父，世称“公是先生”。北宋史学家、经学家、散文家、金石学家。临江新喻（今江西樟树市黄土岗镇）人。庆历六年(1046)进士。曾任知制诰、京东西路安抚使、集贤院学士等职。为文为诗反对虚浮，五言七言皆有佳作。 ②阡陌：路东西为陌，南北为阡。泛指田间小路。 ③端是：更是。

【诗义解说】

在田间小路上东走西走进行春游，在翻滚的云下玩雪稍有停留。梅花落去怎能不让羌笛中吹出幽怨之曲，折下一枝更是增添了乡愁。

明·周之冕《百花图卷》

此图全用墨色绘折枝四时花卉，计有牡丹、兰花、玉兰、枇杷、荷花、菊花、葵花、萱草、芙蓉、水仙、梅花等三十余种。花卉多用白描勾勒，花叶则以墨染，即勾花点叶法。图中花枝、花叶正转反折，花的层次、情态刻画兼工带写，花与花之间穿插错落有致。笔法简洁，墨色滋润。这里选的是梅花一段。

又和上元日游南园赏梅花

[北宋]司马光[1]

梅簇荒台自可羞[2]，相君爱赏忘宵游。
未言美实调羹味，且荐清香泛酒瓯[3]。

【难点疏通】

①司马光(1019～1086)：北宋著名政治家、史学家、散文家。陕州夏县涑水乡（今山西运城安邑镇东北）人，字君实，号迂叟，世称“涑水先生”。赠太师、温国公，谥文正。其所著《资治通鉴》是我国最大一部编年史著作。　②“梅簇”句：因梅花艳丽，开在荒台无人欣赏应该感到害羞。　③酒瓯：酒杯。

【诗义解说】

一团团梅花开在荒台实在可羞，我与朋友喜欢观赏到了晚上仍无倦意。不要说它那美好味道可以当作调料，暂且就着梅花的清香把酒杯端起。

明·周之冕《梅禽山茶图》

这幅扇面从左至右，依次绘有山茶和梅花。山茶叶子肥大花朵艳丽，梅花则纤枝飘逸，伸向右侧，占据了主要画面。梅枝上落着一只小鸟，为这严寒季节带来一股生气。鸟的羽毛蓬张，眼睛圆睁，似有于寒冷中抖擞精神的样子。构图舒畅，花的枝干用笔坚挺而含蓄，与梅花、茶花搭配合理，点叶饱满厚泽。

梅 花 [北宋]王安石[1]

墙角数枝梅，凌寒独自开[2]。
遥知不是雪，为有暗香来。

【难点疏通】

①王安石(1021～1086)：字介甫，号半山，封荆国公。临川(今江西省抚州市）人，北宋杰出的政治家、思想家、文学家、改革家，官至宰相，主张改革变法，散文为唐宋八大家之一。有《王临川集》《临川集拾遗》等存世。 ②凌寒：冒着严寒。

【诗义解说】

墙角上有几株梅树，冒着严寒独自盛开。远远地就知道那不是雪，因为有淡淡的香气传来。

明·刘世儒《疏影横斜图》

刘世儒，字继相，号雪湖，山阴（今浙江绍兴）人。生卒年不详，据画史称，他“行年九十，画梅八十年”。约活动于嘉靖至天启年间。自幼喜爱画梅，十分刻苦，至废寝忘食。成人后背着箱子游名山幽谷，遍访梅花。此图画一墨梅自左下向右上舒干展枝，一派娴静之态，花朵虽繁，却具疏朗之姿。笔墨精整，不狂不板，表现出了一种高士风度。

红 梅

[北宋]王安石

春半花才发，多应不耐寒。
北人初不识，浑作杏花看①。

【难点疏通】

①浑：完全。

【诗义解说】

春天过去了一半花才开，大多是因为不能耐寒。北方的人一开始并不知道它是什么花，都把它当作杏花来看。

明·刘世儒《梅花图》

图绘墨梅一株，由左下向上延伸，老干虬枝，苍劲挺拔。枝干上白花怒放，争奇斗艳。梅干用飞白法绘出，梅花用顿挫的细线勾描，纸地染以淡墨，以烘托梅花的洁白。树梢白云横断，更增添了朦胧的韵味。

和汪正夫梅十七首之三 [北宋]郑獬[1]

江南江北谪仙才[2]，为爱湖山特地来。
愿得春寒过三月[3]，樽前留得腊前梅。

【难点疏通】

①郑獬(1022～1072)：字毅夫，号云谷，北宋文学家、政治家。江西宁都梅江镇人。从小学习刻苦，勤奋上进，皇祐四年(1052)中湖北乡试举人，次年赴京会试，经殿试中状元。此后，任陈州（今河南淮阳）通判，荆南（今湖北江陵）和开封知府，后入朝为度支判官，入值集贤院，主持修撰皇帝起居注，起草诏诰，享正三品。 ②谪仙：被贬到人间的仙人。原指李白。这里泛指被贬谪的诗人。 ③过三月：过了春天。

【诗义解说】

从江南到江北都是被贬谪的诗人，因为喜欢湖山景色特地前来。希望春寒能够过了三月，酒杯前能够留得腊月前的红梅花开。

明·刘世儒《墨梅图》

图中所绘梅树，自上而下倒垂，老干劲峭。中间有一带薄雾，取烟云笼玉树、暗香浮动之意。画枝干时行笔迅疾，墨韵丰富。花瓣则用线条勾圈后，靠淡墨底子薄色衬托出洁白的颜色，不施白粉，使画面清新自然。

宋都忆梅[①]

[北宋]强至[②]

古屋前头几树梅，长年腊后已全开。
自经远别凭谁寄[③]，欲问清香无使来。
空与吟怀惊岁月，愁将客眼对尘埃。
枣林榆荚粗疏甚，索寞山东把酒杯[④]。

【难点疏通】

①宋都：指北宋都城开封。 ②强至(1022～1076)：字几圣，杭州人。仁宗庆历六年(1046)进士，除泗州司理参军，历浦江、东阳、元城令。英宗治平四年(1067)辟为主管机宜文字，辗转在韩琦幕府六年。神宗熙宁五年(1072)召判户部勾院，迁群牧判官。九年迁祠部郎中、三司户部判官。 ③自经：自从。 ④索寞：寂寞冷落。

【诗义解说】

古屋前面生长着几株梅树，多少年来一直是腊月过后首先盛开。自从别后距离很远靠谁来寄，想要问问花的香气也没有使者到来。白白地吟诵诗篇感到岁月过得太快，只能用忧愁的眼睛对着尘埃。枣树林榆树荚太过粗俗，只能孤孤单单一个人在山的东面端起酒杯。

明·孙克弘《梅竹图》

孙克弘(1533～1611)，字允执，号雪居，华亭（今上海松江）人。擅画花卉，气格古雅。官至汉阳知府。天资高敏，刻意书画，名重一时。善用枯老之笔行干作花，或着色或水墨，皆极古淡。所居曰东郭草堂，列名迹于秋琳阁，徘徊觞咏，客至如归。晚年屏却一切，仅写墨梅。书法亦工。此图构图奇妙，画竹仅露枝头，而梅花则极力延伸，布满画面，几朵梅花迎风盛开。下方溪边点缀着野草和石块，言简而意深。

雪霁观梅

[北宋]则之[1]

荒园晚景敛寒烟，数片清新破雪边[2]。
幽艳有谁能画得，冷香无主赖诗传。
看来最畏前村笛，折去休逢野渡船。
向晚十分终更好，静兼江月淡娟娟[3]。

【难点疏通】

①则之：生卒年不详。北宋中叶浙东诗僧，俗姓杨，字彝老，外冈（今上海嘉定）人。出家后殚精求学，曾学诗于西湖释清顺，学禅于大觉释怀琏，均有收获。有诗集《禅外集》，已佚。 ②破：花开。 ③娟娟：美好的样子。

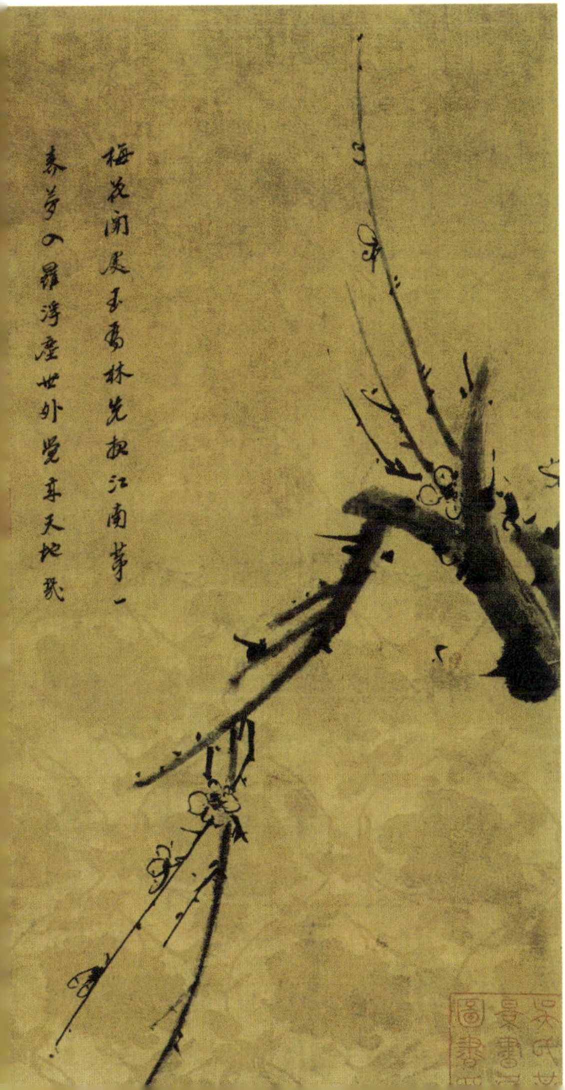

【诗义解说】

荒凉的园子里傍晚烟云已经散开，有数朵梅花开在了雪堆旁边。幽幽的艳丽谁能画得出来，清冷的香气没有主人只靠诗来流传。看花的时候最怕听到前村的笛声，折下一枝最好不要碰到野渡的船。到了傍晚一切景色都变得美好，江水平静月光平静都是淡淡的容颜。

明·邢慈静《梅花图》

邢慈静，女，临邑（今山东临邑）人。文学家邢侗之妹，贵州左布政马拯之妻。善竹石及白描大士。有发绣大士图，极其精美。于色丝之外，另辟蹊径，见者诧为针神。工书又工诗，著《非非草》。被誉为是继卫夫人、管夫人之后的又一书画名媛。此图所绘梅花干壮枝挺，花蕊秀婉写实，苍劲老辣，极富生机。上有作者题诗一首："梅花开处玉为林，先报江南第一春。梦入罗浮虚世外，觉亦天地几闲人。"

谢人惠梅花

[北宋]徐积[1]

我共梅花情最深，左持樽酒右持灯。
持灯持酒岂辞倦，却是春香不自胜[2]。

【难点疏通】

①徐积(1028～1103)：字仲车，楚州山阳（今江苏淮安）人。英宗治平二年(1065)进士。哲宗元祐元年(1086)由近臣推荐，为楚州教授。徽宗崇宁二年(1103)监西京嵩山中岳庙。政和六年(1116)赐谥节孝处士。　②不自胜：自己不能承受。

【诗义解说】

我跟梅花的感情最为深厚，左手端着酒杯右手拿着灯。端着灯端着酒一点儿也不感到疲倦，那是因为春天这缕香气让人太过欢欣。

明·薛素素《梅花水仙图》

薛素素，约生活于十六、十七世纪，女，字素卿，又字润卿，江苏苏州人，寓居南京，被誉为“明代十能才女”。工小诗，能书。尤工兰竹，下笔迅捷，兼擅白描大士、花卉、草虫，各具意态。工刺绣。又喜驰马挟弹，百不失一，自称女侠。后为李征蛮所娶。所著诗集名《南游草》。此图用勾染手法绘一苍茫厚重的山石，石后有水仙和梅花。水仙用双勾白描手法，梅花则用水墨点花写枝，画面错落有致，色调对比明快，构图收放自如。

赠梅送黄庭芳 [北宋]杨杰①

子行何所赠②？赠子一枝梅。
长共雪霜约，故先桃李开。
清香隔年在，和气引春回。
上国人相问③，为言南岭来④。

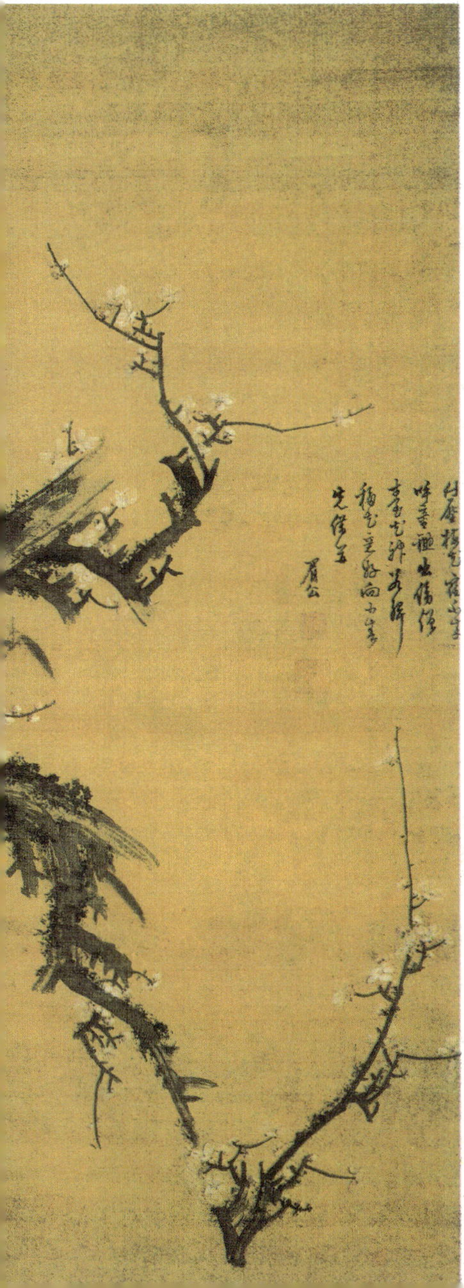

【难点疏通】

①杨杰：生卒年不详，字次公，无为（今属安徽）人，自号“无为子”。仁宗嘉祐年间进士，哲宗元祐年间为礼部员外郎，出知润州，提点两浙刑狱，年七十卒。　②子：古代对人尊称，相当于现在的“您”。　③上国：指京城。　④南岭：指大庾岭。

【诗义解说】

您今天远行拿什么相赠？就赠给您一枝梅花携带。它一直跟霜雪有个约定，所以总是在桃李之前盛开。清淡的香气隔了一年仍然存在，温暖的气息引领春天回来。京城里的人们如果要问，就说它是从大庾岭带来。

明·陈继儒《红梅绿竹图》

陈继儒(1558～1639)，明代文学家和书画家。字仲醇，号眉公、麋公。华亭（今上海松江）人。诸生，屡被荐举，坚辞不就。工诗文、书画，书风萧散秀雅。擅墨梅、山水，画梅多册页小幅，自然随意，意态萧疏。其山水多水墨云山，笔墨湿润松秀，颇具情趣。著有《泥古录》《陈眉公全集》《小窗幽记》等。此图虽名“红梅绿竹”，但绿竹仅是个点缀，整个画面以梅树为主。枝干从图的左侧中部伸出，一枝向上，一枝向下，呈喇叭状。点点梅花正在盛开。用笔简劲，布局疏朗，敷色娴雅。

梅　花 [北宋]蒋之奇[1]

昨夜雪初霁[2]，寒梅破蕾新。
满头虽白发，聊插一枝春[3]。

【难点疏通】

①蒋之奇(1031～1104)：常州宜兴（今属江苏）人，字颖叔。嘉祐二年(1057)进士。官太常博士，后又考中贤良方正科，升监察御史。神宗时转为殿中御史。因上书弹劾欧阳修，贬官监道州酒税。英宗时擢检查御史。绍圣年间召为中书舍人，改知开封府，进龙图阁直学士、翰林学士兼侍读。徽宗时拜同知枢密院、观文殿学士、杭州知府。后因事革职。告老回乡后去世。封魏国公，谥号文穆。工书法，著述多种。　②霁：雨雪停止，天放晴。　③聊：姑且，权且。

【诗义解说】

昨天晚上雪刚刚停下来，寒冷中的梅花蓓蕾就开始绽放。我的头发虽然都已经变白，也还是折取一枝插在头上。

明·陈继儒《墨梅图册》（之一）

作者的《墨梅图册》共四开，构图不同，画法各异。这里选的是其中一幅。此图构图奇特，梅枝从左上下伸后，又折回上方，破出画面，又从上方折了回来，极力伸向下方，充分表现了梅枝的曲折之美。粗干用浓墨，嫩枝用淡墨，对比明显。用浓墨点花瓣，使花显得饱满而旺盛。

冬至后十余日复游吉祥寺 [北宋]苏东坡[1]

东君意浅着寒梅[2]，千朵深红未暇裁[3]。
安得道人殷七七[4]，不论时节遣花开。

【难点疏通】

①苏轼(1037～1101)：北宋文学家、书画家。字子瞻，号东坡居士，眉州眉山（今属四川）人。神宗时曾任祠部员外郎，因反对王安石新法求外职。后以作诗“谤讪朝廷”罪贬黄州。哲宗时任翰林学士、礼部尚书，后贬儋州。北还时病死常州，追谥文忠。与父洵弟辙合称“三苏”，为唐宋八大家之一 。其诗清新豪健，词开豪放一派。 ②东君：传说中的太阳神。意浅：指太阳光不是很热。 ③未暇裁：指花还没有开。 ④殷七七：唐代道士，名天祥，又名道筌，自称七七，以善幻术著名。《太平广记》卷五二引五代沈汾《续仙传·殷天祥》：“（七七）醉歌曰：‘弹琴碧玉调，药炼白朱砂。解醖顷刻酒，能开非时花。’” ⑤遣：让。

【诗义解说】

照在寒梅上的太阳光还不很热，千朵深红色的花朵还没有展开花光。怎么才能像道人殷七七那样，不论什么季节都能让花朵开放。

明·陈继儒《墨梅图册》（之二）

此为画家《墨梅图册》的又一幅，与上一幅手法明显不同。梅树在浓雾弥漫中若隐若现，似断实连，大有雾里看花之意。梅花用淡墨勾花边，再用浓墨点花蕊，使花朵生动而活泼。

赠岭上梅花 [北宋]苏东坡

梅花开尽杂花开，过尽行人君不来。
不趁青梅尝煮酒[①]，要看细雨熟黄梅。

【难点疏通】

①青梅尝煮酒：据《三国志》记载：建安五年，刘备“学圃于许田，以为韬晦之计”，曹操以青梅煮酒相邀刘备共论天下英雄，青梅酒及“青梅煮酒论英雄”的典故由此见于史书。

【诗义解说】

梅花开完之后百花才开，看花人都已回去却没有听到您的脚步。不是趁着青梅长成用来煮酒，而是要在细雨中看着黄梅成熟。

明·卞文瑜《梅花书屋图》

卞文瑜，生卒年不详，活动于十七世纪。字浮白，号花龛，长洲（今江苏苏州）人。《艺芳书画录》说他“本姓徐，非姓卞，盖因有避而托者。擅画山水，树石勾剔，甚有笔意，尝从董其昌讲求笔法，故笔墨亦相近。”图绘梅树成林，一松高耸，远处山峰若隐若现。其间一座茅舍中有人凭窗闲眺。舍外一条小径通往深处，有溪潺潺而流。用笔干湿互济，皴法细腻，使山石颇见浑沦之态。

题花光为曾公衮作水边梅 [北宋]黄庭坚[1]

梅蕊触人意[2]，冒寒开雪花。
遥怜水风晚，片片点汀沙[3]。

【难点疏通】

①黄庭坚(1045～1105)：字鲁直，自号山谷道人，晚号涪翁，又称豫章黄先生，洪州分宁（今江西修水）人。北宋诗人、词人、书法家，为盛极一时的江西诗派开山之祖。英宗治平四年(1067)进士。历官叶县尉、北京国子监教授、校书郎、著作佐郎、秘书丞、涪州别驾、黔州安置等。 ②触人意：懂得人的意思。 ③汀：水边平地，小洲。

【诗义解说】

梅花的蕊懂得人的想法，冒着寒冷有几朵在雪中怒放。想到远处水边的夜晚，一定是风吹花瓣落在了沙滩上。

明·蓝瑛《仿古山水图册》（之五）

蓝瑛(1585～1664，一作1585～约1666)，明代杰出画家。字田叔，号蝶叟，晚号石头陀、山公等。钱塘（今浙江杭州）人。浙派后期代表画家之一。工书善画，长于山水、花鸟、梅竹，尤以山水著名。此册共十开，均为仿古代绘画名家之作，但都以自己的想象和理解而作。这里选的是其中一幅。图上一泓湖水旁，山崖耸立，上有小溪注入湖中。山石上散落着几株梅树，树上可见正在盛开的红白梅花。一条山路上，一士人正拄杖山行，似为寻梅而来。画面苍劲，用笔粗犷豪放。

剑州道中见桃李盛开而梅花犹有存者 [北宋]唐庚[1]

桃花能红李能白，春深无处无颜色。
不应尚有数枝梅，可是东君苦留客[2]。
向来开处当严冬，桃李未在交游中。
只今已是丈人行[3]，勿与年少争春风。

【难点疏通】

①唐庚(1070～1120)：北宋诗人。字子西。人称鲁国先生。眉州丹棱（今属四川）人。哲宗绍圣年间进士，徽宗大观中为宗子博士。经宰相张商英推荐，授提举京畿常平。商英罢相，庚亦被贬，谪居惠州。后遇赦北归，复官承议郎，提举上清太平宫。后于返蜀道中病逝。 ②东君：太阳神。客：指梅花。 ③丈人：年纪老的人。

【诗义解说】

桃花能够开得鲜红李花能够开得洁白，春已很深到处都是万紫千红。不应该还有几枝梅花在开，那一定是太阳在苦苦地挽留客人。一直是开在最寒冷的冬天，桃花与李花从来没有同梅花一起繁盛。只是现在已经进入老年人行列，就不要跟少年人争夺春风。

明·邵弥《杂画册·梅竹》

邵弥(约1592～1642)，字僧弥，号瓜畴，又号长斋、灌园叟等。长洲（今江苏苏州）人。其性迂癖不谐俗，好学多才艺。工诗文书画，擅山水，喜画兰花、水仙。面貌多样，具有“清瘦枯逸，闲情冷致”的风格。此幅《杂画册》共八开，这里选的是梅竹一开。图绘翠竹一丛，居于画的上部，梅花两枝，居于画的下部。而梅枝努力向上，竹枝尽力低垂，二者形成交叉，可谓匠心独运。

残梅

[南宋]惠洪[1]

残香和雪隔帘栊[2]，只待江头一笛风。
今夜回廊无限意[3]，小庭疏影月朦胧。

【难点疏通】

①惠洪(1071～1128)：俗姓彭，一名德洪，字觉范。宜丰县（今江西高安）人。宋代著名诗僧。自幼家贫，十四岁父母双亡，入寺为沙弥，十九岁入京师，于天王寺剃度为僧。后南归庐山，依归宗寺真静禅师，又随之迁靖安宝峰寺。一生多遭不幸，两度入狱。曾被发配海南岛，直到政和三年(1113)才获释回籍。精通佛学，长于诗文，著述颇丰。

②帘栊：窗帘和窗，也指门窗的帘子。 ③回廊：曲折回环的走廊。

【诗义解说】

残留的香气和着白雪隔着窗帘，只等着江边吹起《梅花落》的笛声。似觉今天夜晚走廊里有无限情意，是因为小小的庭院里朦胧的月色下有梅花疏落的身影。

明·邵弥《杂画册·梅花水仙》

这是邵弥《杂画册》的另一幅。图绘一枝梅花，一棵水仙，梅花在后，水仙在前，相叠生长。梅枝苍劲，用干墨擦染，浓墨点疤痕，花朵全在顶端，先勾花瓣，再点花蕊。水仙的叶用双勾，挺出的花朵与盛开的梅花相叠，二者交相辉映，相得益彰。

梅二首之一

[南宋]孙觌[1]

北风翦水玉花飞[2]，翠袖凌寒不自持。
脉脉含情无一语，水边篱落立多时。

【难点疏通】

①孙觌(1081～1169)：常州晋陵（今江苏武进）人。以诗文著称，是颇负盛名的骈体文作家，在中国文学史上占有一席之地。政和四年(1114)中词科，为秘书省校书郎。钦宗时由国子司业擢侍御史，因事出知和州。未几召试中书舍人，权直学士院。金兵破汴京，曾草降表。南宋高宗时以降表事斥罢，归州安置。未几再仕中书舍人。历仕给事中、吏部侍郎，兼权直学士院。又出知温州，改知平江府。后致仕，居太湖二十余年。　②翦水：吹拂水面。

【诗义解说】

北风吹拂水面梅花在空中飘飞，由于穿得单薄忍受不了寒风的侵袭。面对梅花含情脉脉没有一句话，在水边篱笆边站立了多时。

明·倪元璐《山水花卉图册·梅竹双清》

倪元璐(1593～1644)，字汝玉，号鸿宝。上虞（今属浙江）人。天启二年进士，授编修。官至户部、礼部尚书，翰林院学士。李自成攻进北京，自缢身亡。书画俱佳，书风雄深高浑，画风苍润古雅，格调甚高。此画册共八开，分别绘文石疏篁、古枫孤舟、山川雨意、荒江古木、梅竹双清、枯槎晚籁、断山泉韵、松石同寿等。这里选的是梅竹双清一开。此图所绘梅枝不像大多数人所绘枝干虬曲，而是从左上角直伸向右下角，随意点上几朵小花。再用浓墨撇出竹叶，与梅枝交相辉映，互为表里。

月下独步

[南宋]沈与求[①]

娟娟微月小庭西[②]，月下幽人影自随。
赖有寒梅伴愁绝[③]，一枝清艳耿疏篱[④]。

【难点疏通】

①沈与求(1086～1137)：字必先，湖州德清（今属浙江）人。政和五年(1115)登进士第。累迁至明州通判，迁兵部员外郎，自认为不应升迁，改任殿中侍御史。尝取古今屯田利害，为集议二卷上之。累官御史中丞，知无不言，前后凡四百奏，言甚切直。迁吏部尚书，兼翰林学士。金人入寇，主张高宗亲征。累进知枢密院事。卒谥忠敏。　②微月：弯月。③愁绝：极端忧愁。　④耿：光明。这里指花开艳丽。

【诗义解说】

姣好的弯月在小庭的西面，月光下一个人行走只有影子陪伴。多亏有寒冷中的梅花分担我深深的忧愁，一枝清新艳丽的花朵开在疏落的篱边。

明·文俶《梅花图》

文俶(1595～1634)，明画家，字端容，吴（今江苏苏州）人。画家文从简女，文徵明玄孙女，嫁赵灵均，与丈夫一同隐居。擅花卉，长于写生，多画幽花异卉、小虫怪蝶，能曲肖物情，颇得生趣。笔墨细秀，风格娟丽，深得时人赏识。图所绘梅树如松，枝干虬曲怒张，极大地表现了傲霜斗雪的精神。花朵稀少，但肥硕丰满。用笔较干，画干以侧锋涩行，画枝渐转为中锋，细枝挺拔圆润。花用墨色点染，笔法简洁。

梅　花 [南宋]陈与义[1]

客行满山雪，香处是梅花。
丁宁明月夜[2]，记取影横斜。

【难点疏通】

①陈与义(1090～1138)：字去非，号简斋，一号圣贤，其先祖居京兆。南北宋之交的著名诗人，在北宋做过地方府学教授、太学博士，在南宋是朝廷重臣，又是一位爱国诗人，其主要贡献还是在诗歌方面，给后世留下了不少忧国忧民的爱国诗篇。　②丁宁：通“叮咛”。

【诗义解说】

旅客行走在满是雪的山路上，有香传来的地方一定有梅的花朵。嘱咐月光明媚的夜晚，要记住梅花那横斜的身影。

明·陈嘉言《寒梅野禽图》

陈嘉言（1599～约1678），字孔彰，浙江嘉兴人。擅写花卉翎毛，纵毫挥染，笔致松秀，设色清丽，韵格兼胜。此图所绘梅树上展，鲜花怒放，老干奇拙，新枝挺秀，一对野雀栖于枝间，回首顾盼，生趣盎然。运笔密而不乱，繁而有致，或枯或润，挥笔而成。上有题诗曰：“含章阁下数枝开，野雀啁啾向暮来。正爱深丛香雪里，邻家羌笛莫相催。”

和张矩臣水墨梅五绝之五 [南宋]陈与义

自读西湖处士诗[①]，年年临水看幽姿。
晴窗画出横斜影，绝胜前村夜雪时[②]。

【难点疏通】

①西湖处士：指北宋诗人林逋。 ②绝胜：远远超过。

【诗义解说】

自从读过林和靖的诗句，便年年都到水边来看梅花那美丽的笑脸。晴明的窗上映出一树横斜的影子，远比在前村夜里雪中看到的鲜艳。

明·陈嘉言《竹石梅雀图》

图上怪石突兀而立，画面围绕此石展开，水仙在前，翠竹、灵芝在侧，梅树在后。梅树上落着多只喜鹊，神情各异。水仙和竹叶用双勾，梅花繁圈密点，鸟鹊用笔细腻。画面看似繁杂，但繁而不乱，层次井然，布局新颖，清新雅丽。

山脚下有梅一株地差背阴冬深初结蕊

[南宋]朱淑真[1]

溪桥野店梅都绽[2]，此地冬深尚未寒。
寄语梅花且宁耐[3]，枝头无雪不堪看。

【难点疏通】

①朱淑真：南宋女诗人兼词人。杭州人。世居桃村，自号幽栖居士。出身仕宦之家，“幼警慧”“善读书”。但受父母之命、媒妁之言嫁给了一个市井商人为妻。婚后与丈夫没有共同语言，精神生活十分贫乏，苦闷而死。 ②绽：盛开。 ③宁耐：忍耐。

【诗义解说】

小溪边野店旁的梅花都已盛开，这里到了深冬却一点儿也感觉不到严寒。告诉梅花暂且忍耐一下，枝头上没有雪就十分的不好看。

明·陆复《梅花图》

陆复，生卒年不详，字明本，自号梅花主人。吴江（今属江苏）人。擅画墨梅。此图绘老梅一枝，挺拔有力，姿态优美，笔势遒劲而老辣，古拙而生动。以淡墨渲染背景，留白以示厚雪覆干。花朵用勾线填粉法绘出，轻染胭脂。从画中自题“大雪围林僵叶木，老梅潇洒正开华”中可以看出，此画表现的是雪中梅花不畏霜雪、不畏严寒的高贵品质。

甲申上元前闻家君不快西归见梅有感二首之一

[南宋]杨万里[1]

官路桐江西复西[2]，野梅千树压疏篱。
昨来都下筠篮底[3]，三百青钱买一枝[4]。

【难点疏通】

①杨万里(1127～1206)：字廷秀，号诚斋，吉州吉水（今属江西）人。曾任太常博士、尚书左司郎中、秘书监等。主张抗金，正直敢言。宁宗时因奸相专权辞官居家，忧愤而死。诗与尤袤、范成大、陆游齐名，称“南宋四家”。构思新巧，语言通俗明畅，自成一家，时称“诚斋体”。　②官路：官府修建的大道。后即泛称大道。桐江：富春江的上游，即钱塘江流经桐庐县境内一段。③都下：京城，此指杭州。筠篮：竹篮。④青钱：用铜、铅、锡合金铸成的钱。

【诗义解说】

走大道过桐江一直往西，野生的千株梅树把篱笆压低。昨天看到在京城的竹筐里，三百个青钱才能买到一枝。

明·张彦《雪景梅花图》

张彦，生卒年不详，活动于十六、十七世纪，上海嘉定人。工画山水。此图幅面较大，构图颇有气势。同时绘有水仙数丛，花茂叶盛。怪石错落，幽篁丛生。景物安排疏密得当，层次分明。水仙、丛竹均用双勾，顿挫有力，树石以焦墨皴染，苍劲峭利。

探梅

[南宋]杨万里

山间幽步不胜奇，政是深寒浅暮时①。
一树梅花开一朵，恼人偏在最高枝。

【难点疏通】

①政：通“正”。

【诗义解说】

走在山间小路景色美不胜收，天气十分寒冷又是傍晚时候。一株梅树上只开了一朵，遗憾的是开在树的最高枝头。

明·王醴《雪梅鸳鸯图》

王醴，活动于十六、十七世纪。字三泉，浙江嘉兴人。擅花鸟。晚工山水。此图是以寒江雪景为题材的作品，表现两只鸳鸯在岸边梳理羽毛的情景。一株老梅从上部伸下，一只山雀落在枝上，正俯视下方。翠竹从下往上迎接，枝上也有两只山雀。枝干、山坡留白以为雪。鸳鸯造型优美，梅树笔法老辣，梅花清新淡雅。

自彭田铺至汤田道旁梅花十余里 [南宋]杨万里

一行谁栽十里梅？下临溪水恰齐开。
此行便是无官事，只为梅花也合来[①]。

【难点疏通】

①合：该。

【诗义解说】

这一路上十里长的梅花都是谁栽？靠近水边的梅树一齐都开。此行即使没有官家的事情，就是为了梅花也应该前来。

明·项圣谟《花卉图册·梅花》

项圣谟(1597～1658)，明末清初画坛上独树一帜的著名画家，初字逸，后字孔彰，号易庵，别号甚多。浙江嘉兴人。自幼精研古代书画名作，虽然曾由秀才举荐为国子监太学生，但不求仕进，而把兴趣投入到书画中，从而在绘画创作上，很早就显现出了多方面的才能，山水、人物、花鸟无一不精。本册共十开，绘有荷、菊、海棠、梅等多种花卉。造型优美，经意构图，虽然画面艳丽，但寓峥嵘之骨风。这里选的是梅花一开。

看梅归马上戏作五首之四 [南宋]陆游[1]

江路疏篱已过清，月中霜冷若为情[2]。
不如折向金壶贮，画烛银灯看到明[3]。

【难点疏通】

①陆游(1125～1210)：南宋诗人，字务观，号放翁，浙江绍兴人。一生著作丰富，有《剑南诗稿》《渭南文集》等，存诗九千多首，是我国历史上存诗最多的诗人，生前即有“小李白”之称。不仅是南宋一代诗坛领袖，而且在中国文学史上地位崇高，是我国伟大的爱国诗人。　②若为情：情感怎么能够忍受。　③画烛：有画饰的蜡烛。

【诗义解说】

江边小路疏落的篱笆太过清静，月光下霜雪一片怎能忍受这种寒冷。不如折下一枝梅花插在金壶里，点上蜡烛点上灯一直看到天明。

明·陈洪绶《摘梅高士图》

陈洪绶(1598～1652)，字章侯，幼名莲子，一名胥岸，号老莲，别号小净名，晚号老迟、悔迟，又号悔僧、云门僧。浙江诸暨市枫桥镇陈家村人。明末富有革新精神和独创风格的画家。此图绘隆冬景象，枯藤老树下，一高士手把梅花凝神细看，旁边一侍者捧瓶而立。图中人物躯干伟岸，衣纹清圆细劲，一气呵成，并用白粉复勾，古朴雅观致。树木多用干墨皴染。山石或连皴带染，或皴笔屈曲松动，特色独具。

探梅二首之二　[南宋]陆游

江路云低糁玉尘①，暗香初探一枝新②。
平生不喜凡桃李，看了梅花睡过春。

【难点疏通】

①云低：云厚。糁(sǎn)：米粒。玉尘：雪。　②初探：刚刚产生。

【诗义解说】

江边小路云朵低垂带着米粒般的雪粒，香气暗生一枝梅花正开得新鲜。我这一生不喜欢平凡的桃李，看了梅花之后就睡过整个春天。

明·陈洪绶《调梅图》

此图居中石凳上坐着一位贵妇，气度雍容高雅，正注视着两个侍女在此调制盐梅为羹。后座石桌上的一只花瓶里插着一枝梅花。灶旁放一方桌，桌上有盘盏之类的用具。调梅的锅里有热气蒸腾。人物造型夸张，设色古雅。陪衬的瓶花、太湖石等物，勾勒精细，色泽雅丽，富有装饰性。

梅花六首之三

[南宋]陆游

一花两花春信回，南枝北枝风日催。
烂漫却愁零落近，丁宁且莫十分开①。

【难点疏通】

①丁宁：通“叮咛”。

【诗义解说】

一朵两朵报告着春天的到来，春风天天都在吹拂南北的枝干。花开烂漫但让人忧愁的是接近了凋落，嘱咐梅花不要一下子全都盛开。

明·陈洪绶《梅石山禽》

图中太湖石显得格外突出，用浓墨勾勒，淡墨渲染，玲珑剔透。梅花主干苍古蟠曲，斜倚秀石，老枝上生出两条新枝，梅花点缀，或含苞欲放，或盛开，冰清玉洁。嫩枝上一红嘴绿羽长尾山禽，正张目注视着前方，好像发现了什么目标，使整个画面静中有动，生机无限。色调富丽秀雅，构图装饰韵味浓厚。

梅花绝句六首之三 [南宋]陆游

闻道梅花坼晓风①，雪堆遍满四山中。
何方可化身千亿②，一树梅前一放翁③。

【难点疏通】

①坼(chè)：裂开。　②何方：有什么办法。　③放翁：陆游的号。

【诗义解说】

听说在早晨的风中梅花已经绽放，像雪一样遍布周围的山中。有什么办法可化出千万个身子，在每一株梅树前都有一个放翁。

明·陈洪绶《花鸟图屏·冬》

此为春、夏、秋、冬四条屏组图，这里选的是冬图。图中湖石十分秀气，棱角分明，孔洞众多。有白梅一株立于石后，可从石的孔洞里看到树干，枝干上白梅盛开。石的一左一右，有两朵盛开的山茶，另有一朵正含苞待放。石下点缀着小草。构图用笔细腻，颜色对比鲜明，装饰意味极浓。

连夕大风凌寒梅已零落殆尽三绝之二 [南宋]范成大[1]

玉雪飘零贱似泥[2]，惜花还记赏花时。
赏花不许轻攀折，只许家人戴一枝。

【难点疏通】

①范成大(1126～1193)：字致能，号石湖居士，吴郡（苏州）人。曾做过两个月的参知政事（副宰相），作为使节到金朝谈判国事，抗争不屈，几乎被杀。淳熙九年(1183)退隐故乡石湖。田园诗很有特色，是宋诗中的优秀篇章。
②玉雪：这里指梅花花瓣。

【诗义解说】

像雪花一样飘零贱得就像泥土，爱惜鲜花还记得赏花的时候。欣赏鲜花不许随便折取，只允许家里人把一枝插戴在头。

明·陈洪绶《梅花小鸟图》

溪流边怪石嶙峋，山石上生长着翠竹、梅树和叶子变红的树木。梅树枝上安静地落着一只小鸟。山石勾皴十分丰富，与梅树遒劲的老干浑然一体。右侧的一树红叶，可见虫蚀的痕迹，与背面精整的双勾竹叶相映成趣。上部的梅枝与小鸟在大片空白的衬托下成为视觉的中心，营造了一种寓动于静的效果。

梅花

[南宋]朱熹[1]

幽壑潺湲小水通[2]，茅茨烟雨竹篱空[3]。
梅花乱发篱边树，似倚寒枝恨朔风[4]。

【难点疏通】

①朱熹(1130～1202)：南宋著名理学家、思想家、哲学家、教育家、文学家。字元晦，号晦庵，别号紫阳，祖籍徽州婺源（今属江西）。历仕高宗、孝宗、光宗、宁宗四朝，曾任知南康、提典江西刑狱公事、侍讲等职。韩侂胄擅权，被革职回家。庆元六年病逝，谥文。　②潺湲：水慢慢流动的样子。　③茅茨：茅屋。　④朔风：北风。

【诗义解说】

有一条小溪从幽深的山谷里流出，烟雨笼罩在茅草屋上竹篱边一片空濛。篱笆边的梅树上花朵胡乱地开着，倚在寒冷的枝上好像怨恨寒冷的北风。

明·陈洪绶《寒香幽鸟图》

图的下方磐石稳健浑厚，为此图奠定了坚实的基础。一株历尽沧桑的老梅伸向画面，梅花开放极有层次，盛开、半开、欲开不等。高枝上落着一只秀气的小鸟，两眼炯炯有神，注视着下方。小鸟工整细腻，神韵斐然。设色艳丽，简而有味。

和傅岩叟梅花二首之一

[南宋]辛弃疾[1]

灵均恨不与同时[2]，欲把幽香赠一枝。
堪入《离骚》文字否？当年何事未相知[3]？

【难点疏通】

①辛弃疾(1140～1207)：南宋爱国词人。原字坦夫，改字幼安，中年名所居曰稼轩，因此自号“稼轩居士”。历城（今山东省济南市历城区）人。是我国历史上伟大的豪放派词人、爱国者、军事家和政治家。②灵均：屈原的字。　③“当年”句：屈原的作品写了很多花草，但却未提及梅花。

【诗义解说】

可恨的是没有跟屈原同时，本想把一枝梅花赠给他。不知可不可以写进《离骚》里，当年因为什么事情没有写到梅花？

明·陈洪绶《梅石图》

图绘一株老梅干粗枝劲，枝头点缀着朵朵梅花。一块形如卷云的怪石屹立在梅树旁边，更增添了梅树的稳重感。石旁小草疏疏，泉水隐现。用笔圆转劲健，构图稳中寓动。花朵开得饱满，花瓣与花蕊历历可见。

和张倅唐英咏梅十四首之二 [南宋]陈传良[1]

种梅欲百亩，垂老意未渝[2]。
有山在堂背，有溪在庭除[3]。
我危坐中央[4]，花以置坐隅。
人固不可亲，花亦不可疏。

【难点疏通】

①陈传良：生卒年、籍贯均不详。有《止斋集》传世。　②渝：改变，违背。　③庭除：庭院。　④危坐：端坐。

【诗义解说】

一直想要栽种百亩梅树，虽然年纪已老但仍没有改变。有座山在房屋的后面，有条小溪流经小院。我端坐在院子中间，花就放在我的周边。人们固然不值得亲近，但跟花却不能疏远。

明·陈洪绶《梅花书屋图》

此图以平远法经营全局，境界开阔。近处水边松树下有一处院落，院中草屋一间，有二人正在清谈，另有一人正从长着梅树的小道上走来，似与屋中二人有约。远处山崖有一座小亭隐现于梅树之间。山后为平缓洲渚，一山耸起。林木用笔峭拔，山峦用笔浑朴，构图巧妙。

种梅

[南宋]刘翰[1]

凄凉池馆欲栖鸦，彩笔无心赋落霞。
惆怅后庭风味薄[2]，自锄明月种梅花。

【难点疏通】

①刘翰：生卒年不详，字武子。长沙（今属湖南）人。曾为宋高宗宪圣吴皇后侄吴益子琚门客。有诗词投呈张孝祥和范成大。久客南宋都城临安（杭州），布衣终身。 ②风味薄：景色单调。

【诗义解说】

凄凉的池边馆舍有乌鸦要来栖息，手拿彩笔没有心情描写落下的晚霞。考虑的是后园的景色过于平淡，所以在明月下扛着锄头栽种梅花。

明·陈洪绶《杂画册·梅花》

此册共十二开，绘有人物、花鸟、蝴蝶等内容，比较集中地体现了作者的技法特点和营造能力。这里选的是梅花一开。图绘一株粗壮的老干，历尽沧桑。从老干上发出的新枝充满了生命的活力，枝上的梅花大而美丽，有正有侧，有的盛开有的含苞欲放，花萼清晰可见。花朵染以胭脂，似有清香扑鼻。

除夜自石湖归苕溪 [南宋]姜夔①

细草穿沙雪半消，吴宫烟冷水迢迢②。
梅花竹里无人见，一夜吹香过石桥。

【难点疏通】

①姜夔(约1155～1221)：字尧章，别号白石道人，又号石帚。饶州鄱阳(今江西鄱阳县）人。南宋词人。少年孤贫，屡试不第，终生未仕，一生转徙江湖。早有文名，颇受杨万里、范成大、辛弃疾等人推赏，以清客身份与张镃等名公臣卿往来。人品秀拔，体态清莹，气貌若不胜衣，望之若神仙中人。工诗词，精音乐，善书法，对词的造诣尤深。有诗词、诗论、乐书、字书、杂录等多种著作。　②吴宫：指吴王夫差为西施所建的馆娃宫，在苏州西南灵岩山上。

【诗义解说】

小草从沙里长了出来雪已经化了一半，吴宫里烟云笼罩水路还十分遥远。梅花生长在竹丛里没人能看见，一夜风吹香气来自石桥的那边。

明·陈洪绶《梅菊图》

图上两株菊花居中，花朵硕大，枝叶繁茂。左侧一株梅树，枝向左右两侧伸展。向右伸展的枝条，放在菊花之后，向左伸出的枝条，纤细而劲挺。画面集中在中部，两侧大面积空白，表现了秋冬季节的空旷与寒冷，同时也表现了这两种植物不屈的耐寒精神。

山中见梅

[南宋]戴复古①

踏破溪边一径苔，好山好竹少人来。
有梅花处惜无酒，三嗅清香当一杯。

【难点疏通】

①戴复古(1167～?)： 南宋著名的江湖派诗人，字式之。常居南塘石屏山，故自号石屏。天台黄岩(今浙江台州)人。一生不仕，浪游江湖，后归家隐居，卒年八十余岁。曾从陆游学诗，作品受晚唐诗风影响，兼具江西诗派风格。部分作品抒发爱国思想，反映人民疾苦，具有现实意义。格调高朗，诗笔俊爽，清健轻捷，工整自然。

【诗义解说】

踏破了小溪边一条路上的青苔，山好竹子也好却很少有人来。有梅花的地方可惜的是没有美酒，闻上三次清香就抵上美酒一杯。

明·陈洪绶《岁朝清供图》

岁朝即大年初一，岁朝清供就是在大年初一摆设的插花艺术。此图所绘就是这样一种艺术。花瓶里插着梅花和山茶，旁边有松树盆景。红茶白梅相映成趣，蟠曲的松树形状奇特。把三种植物放在一起，构成了一种坚强、耐寒、长寿的意象，为人们在新的一年开始时送去美好的祝福。

舍外早梅

[南宋]翁卷[1]

行遍江村未有梅，一花忽向暖枝开。
黄蜂何处知消息，便解寻香隔舍来[2]。

【难点疏通】

①翁卷：生卒年不详，南宋诗人。字读古，又字灵舒。浙江柳市人。布衣终身。与徐照、徐玑、赵师秀齐名，并称“永嘉四灵”。　②解：懂得，明白。

【诗义解说】

走遍了江边的村庄没有看到梅花，忽然有一朵花在向南的枝上展开。不知黄蜂从什么地方知道了消息，便循着花香隔着人家飞来。

明·陈洪绶《梅石图》

朴拙是这幅画的主要特点。几块硕大的山石垒叠在一起，粗犷而豪放。梅树的老干与山石相呼应，苍劲而老道。几处嫩枝潇洒飘逸，有数朵小花缀在枝头。山石用粗笔勾出轮廓，用浓墨点苔，使整个画面大气磅礴，气势如虹。

病后访梅九绝之九 [南宋]刘克庄[1]

菊得陶翁名愈重[2]，莲因周子品尤清[3]。
后来谁判梅公案，断自孤山迄后村[4]。

【难点疏通】

①刘克庄(1187～1269)：字潜夫，号后村，莆田城厢（今属福建）人。南宋著名的爱国文学家，创作了大量悲壮激昂的爱国诗词，反映现实，雄伟豪放；为人正直，为当时的学者所敬仰，为后人所传颂。著有《后村先生大全集》。②陶翁：指陶渊明。③周子：指周敦颐，写有著名的《爱莲说》。④孤山：指林和靖。后村：作者刘克庄的号。

【诗义解说】

菊花因为有了陶渊明的喜爱而名声愈重，莲花因为有了周敦颐的推崇而品格尤清。之后谁来评判梅花这桩公案，那一定是从林和靖开始到我这位名叫后村的诗人。

明·陈洪绶《吟梅图》

图绘一文人坐在石桌前，两眼目视前方，作深思状，桌上摆着纸张。对面石凳上坐着一位仕女，面前也放着一张纸，纸上有一支笔。她正扭过头去观看旁边的两位侍女，一侍女手持拐杖，一侍女手捧瓶梅，似在给吟梅者提供素材。一“吟”字是此幅画的主要内容，因此画面上虽然人物不少，但十分安静，都在等待着那位文人的一篇佳作。

兀 坐　　[南宋]宋伯仁[1]

对坐清清一穗香[2]，悄无人语日偏长。
砚盘数点梅花片，暗引游蜂度粉墙。

【难点疏通】

①宋伯仁：生卒年不详，字器之，号雪岩，广平（今河北广平）人。擅画梅花，曾作《梅花喜神谱》，后系以诗。自称每至花放时，徘徊竹篱茅屋间，满腹清霜，两肩寒月，谛玩梅之低昂俯仰，分合卷舒，自甲坼以至就实，图形百种，各肖其形。工诗，著有《雪岩吟草》等。　②一穗：一枝。

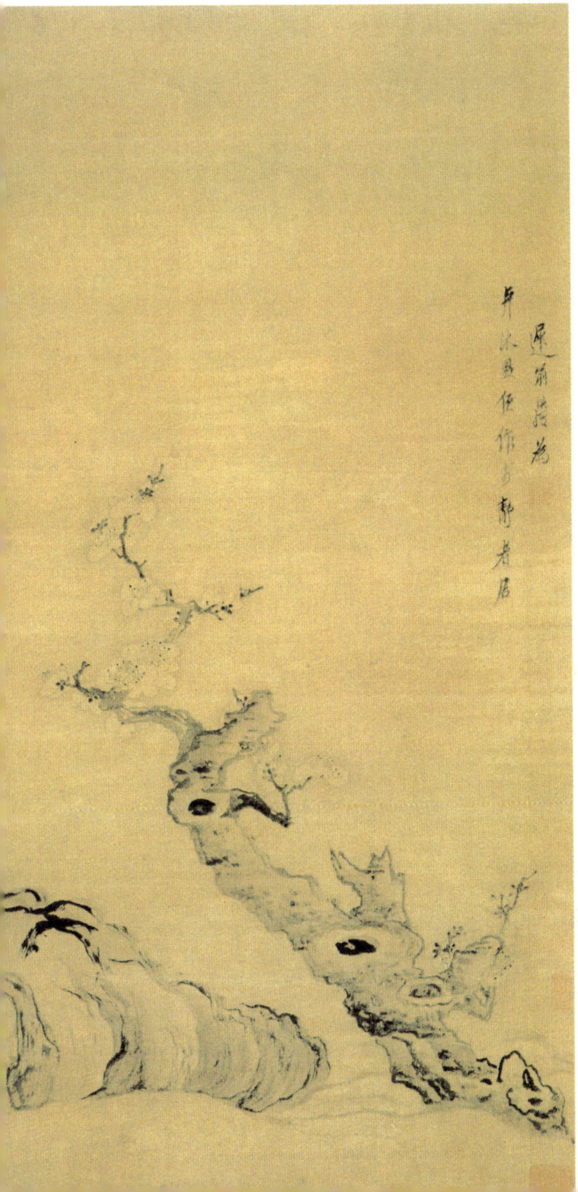

【诗义解说】

对着梅花而坐有缕缕清香传来，静悄悄没有人声白天觉得时间很长。砚台里落着几片梅花的花瓣，暗暗地吸引游蜂飞过了粉墙。

明·陈洪绶《卧石老梅图》

画面构图简单，一株梅树，一块卧石而已。梅树由右下向左上斜向生长，像要倒下的样子，顶端嫩枝上几朵梅花迎风怒放。下方一块卧石，欲迎向倒下的梅树。梅树老干浑厚苍凉，铁骨铮铮。卧石用披麻皴，纹理处用浓墨，以表现其不同的侧面。上部大面积空白，表现出冬天的空旷与寒冷。

雪后梅边十首之七　[南宋]方岳[①]

一枝密密一枝疏，一树亭亭一树枯。
月是毛锥烟是纸[②]，为予写作百梅图。

【难点疏通】

①方岳(1199～1262)：字巨山，号秋崖，新安祁门（今属安徽）人。理宗绍定五年(1232)进士，曾为文学掌教，后任袁州太守，官至吏部侍郎。因忤权要史嵩之、丁大全、贾似道诸人，终生仕途失意。工于诗，多描写农村生活与田园风光，质朴自然。其词多抒发爱国忧时之情，风格清健。著有《秋崖集》四十卷，词集有《秋崖词》。　②毛锥：毛笔。

【诗义解说】

一枝密密匝匝一枝疏疏朗朗，一树亭亭玉立一树干枝枯立。月亮是毛笔烟云是宣纸，为我描绘了长卷百梅图。

明·陈洪绶《老梅图》

图绘一枝老干向左延伸，由于年头过长，头部已经折断，但在老干上仍有嫩枝发出，枝上有梅花朵朵。画面简单而空间广阔，萧条冷落中，仍不乏勃勃生机，这正是梅花不断受到人们赞美的原因所在。

题吴氏梅堂 [南宋]方逢辰[1]

闻君家在雪边住，靠尽阑干索尽诗[2]。
只怕梅花应冷笑，清香元不要人知[3]。

【难点疏通】

①方逢辰(1221～1291)：原名梦魁，字君锡，号蛟峰，学者称“蛟峰先生”，淳安县城郭高坊（今属浙江）人。南宋政治家。自幼随父习字学文，尤以理学为归宿。　②阑干：栏杆。　③元：通“原”。

【诗义解说】

听说您家住在有雪的地方，谁要靠近栏杆就要写一首诗。只怕梅花对此会发出冷笑，清淡的香气原来不想要人知悉。

明·陈洪绶《折枝仕女图》

图上绘有三位仕女，一前两后。前者手持团扇，在前引路，后面两位仕女，手中各持有一枝梅花，在后紧跟。显然，她们三位刚从郊外归来。三位仕女表情安闲，步态从容。衣纹用笔工细，线条清晰。发髻用浓墨，在画面上显得十分突出。

梅花二十首之十六

[南宋]张道洽[1]

才有梅花便不同，一年清致雪霜中。
疏疏篱落娟娟月[2]，寂寂轩窗淡淡风[3]。
生长元从琼玉圃，安排合在水晶宫。
何须更探春消息，自有幽香梦里通。

【难点疏通】

①张道洽(1202～1268)：字泽民，号实斋，衢州开化（今属浙江）人。理宗端平二年(1235)进士。历广州司理参军，景定间为池州金判，改襄阳府推官。　②娟娟：明媚的样子。　③轩窗：窗户。

【诗义解说】

只有梅花才与众花不相同，一年间清雅的韵致都在雪霜之中。疏落的篱笆娇好的月光，寂静的小窗淡淡的轻风。本来生长在布满美玉的园圃，就应该安放在水晶宫。哪里需要再去寻找春的消息，自然有一缕幽香与梦境相通。

清·金俊明《花卉图册·梅石》

金俊明(1602～1675)，原名衮，字孝章，号耿庵，又号不寐道人，江苏吴县人。少随父官宁夏，往来燕赵间，以任侠自喜。诸边帅争欲延致幕府，不就。归里后折节读书，靡不研究。明亡，不复出。及卒，门人私谥贞孝先生。工诗古文兼善书画，尤长于墨梅。此册共十开，此所选梅石一开。图绘棱角分明的山石，壁立于画面左下角，斜向伸出一株梅树，梅枝虬曲多姿，顾盼自雄。上所缀花朵，有盛开、半开、欲开不等，显示出了层次的变化。

水边早梅 [南宋]吴龙翰[1]

数花黯淡带寒烟，漏泄春光矮屋边。
会被清池写疏影[2]，一枝分作两枝看。

【难点疏通】

①吴龙翰：字式贤，歙县（今属安徽）人。生卒年不详，约宋度宗咸淳前后在世。拜方岳为师，咸淳中贡于乡，以荐授编校国史院实录，乡校请充教授，不久辞去。家有老梅，因以古梅为号，尝为之赋。有《古梅吟叶》六卷，今轶。 ②写：倒映。

【诗义解说】

在寒冷的烟云中绽放了几枝黯淡的梅花，生长在矮屋边报告着即将到来的春天。疏疏的影子又会倒映在清澈的池水中，一枝被分成了两枝供人观看。

清·金俊明《花卉图册·红梅白梅》

此图与上幅图一样，同出一种图册。图绘从顶部向下伸出一枝红梅、三枝白梅。白梅长枝颀长，直达画的底部；中枝弯成一个弧形，直伸向画的右上角；短枝直接垂下。红梅枝则与白梅交叉，用胭脂染花瓣，与白梅交相辉映，艳丽多姿。

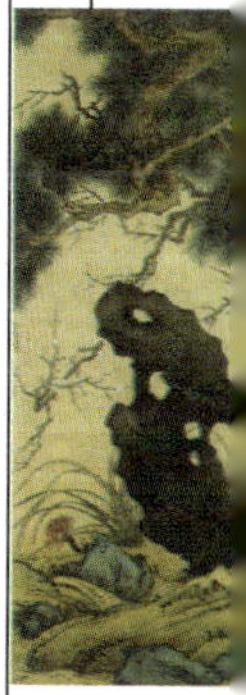

武夷山中

[南宋]谢枋得[①]

十年无梦得还家，独立青峰野水涯。
天地寂寥山雨歇，几生修得到梅花。

【难点疏通】

①谢枋得(1226～1289)：南宋文学家。字君直，号叠山。信州弋阳（今属江西）人。自幼颖悟，“每观书，五行俱下，一览终身不忘。”宝祐四年(1256)进士。次年复试教官，中兼经科。又应吴潜征辟，组织民兵抗元。同年任考官，性好直言，因得罪贾似道而遭黜斥。德祐元年(1275)以江东提刑、江西诏谕使知信州。元兵犯境，战败城陷，隐遁于建宁唐石山中，后流寓建阳，以卖卜教书度日。宋亡，寓居闽中。元朝屡召，坚辞不应，福建参政魏天祐强之北行至大都（今北京），坚贞不屈，绝食而死。门人私谥文节。

【诗义解说】

十年来没有梦见回到家乡，一个人站在青峰边野水旁。天地寂寥山雨已经停止，要几生才修炼到梅花的坚强。

清·金俊明《花卉图册·梅花山茶》

此图亦从《花卉图册》中选出。梅枝弯曲生长，用干笔擦染，用浓墨点疤痕。花朵用笔细腻，花蕊历历可见。山茶与梅枝交叉，叶肥花美。汁绿染叶，再用墨笔画出筋脉。山茶与梅花对比强烈，十分鲜艳。

梅 花

[南宋]赵葵[1]

夜深梅印横窗月，纸帐魂清梦亦香[2]。
莫谓道人无一事，也随疏影伴寒光。

【难点疏通】

①赵葵(1186～1266)：字南仲，号信庵、庸斋，衡山（今属湖南）人。宁宗嘉定十四年(1221)以战功知枣阳军。累官将作监丞、京河制置使、湖南安抚使、枢密使兼参知政事等。工诗文，善画墨梅。　②纸帐：一种用藤皮茧纸缝制成的帐子，以稀布为顶，取其透气。帐上常绘有梅花，情致清雅。唐宋以来，僧道及诗人隐士每喜用之。

【诗义解说】

深夜的月光下横着的梅影印在窗上，纸帐里精神清爽梦寐也香。不要说出家人没有事情可做，也随着淡淡的树影陪伴着寒冷的月光。

清·金俊明《梅花图册》（之一）

此《梅花图册》共十二开，所绘均为折枝梅花，间以墨竹、双勾竹、松枝等，清新、宁静、孤傲。此为其中的一幅。画面十分简单，一枝老干上分出两杈，杈再分杈，一枝几经弯曲，伸向左侧，另一枝则直接向上。直枝傲然挺立，斜枝则迎风不屈，刚劲有力。

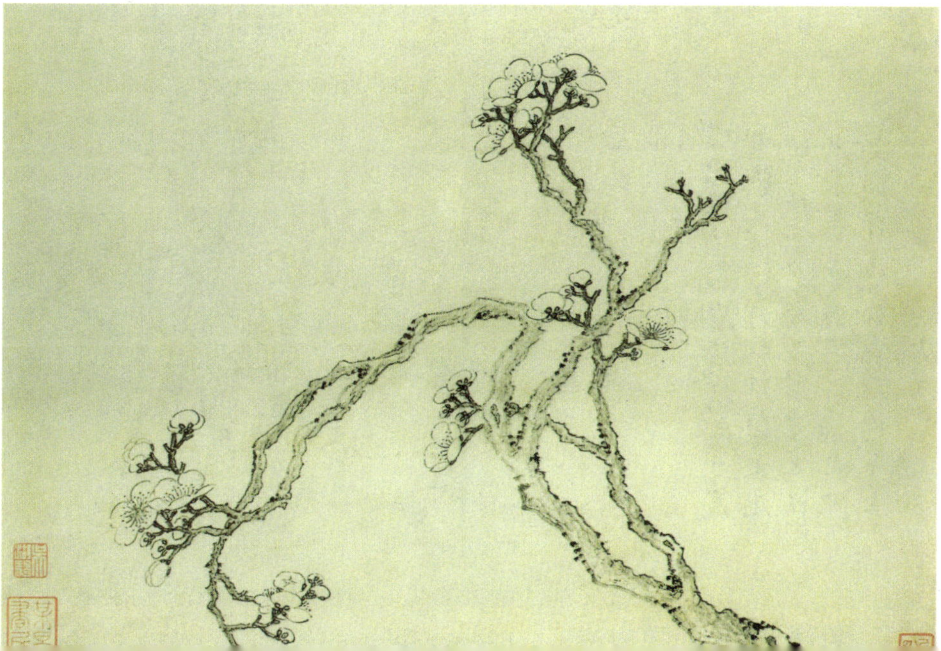

种梅 [南宋]刘文惠[1]

佳人天一方[2]，岁暮音书绝[3]。
一枝持赠君，犹带去年雪。

【难点疏通】

①刘文惠：不知何处人。或作宾州（今广西宾阳）人。善画翎毛花竹。虽然用笔勤劳，但气格偏弱，只有京城人看重，有拿金玉换也换不来，所以四方少见。偶尔也作诗。②佳人：指所怀念的人。　③岁暮：岁末。

【诗义解说】

思念的人远在天的另一边，到了岁尾音信已经断绝。折下一枝梅花赠给老朋友，上面还带着去年的白雪。

清·金俊明《梅花图》

此图构图别致，画面集中在右侧，由下伸向顶部，破出画面，又从上方左侧露出梅梢，给读者留下了想象的空间。左侧空白处题写诗歌一首，丰富了画面。题诗曰：“呵冻重摹四壁新，携灯自笑画难真。浮生何暇计明日，不见翻令恨古人。前代名贤争异姓，东家高本买西邻。荷锄我欲为傭作，香雾蒙头过半春。”

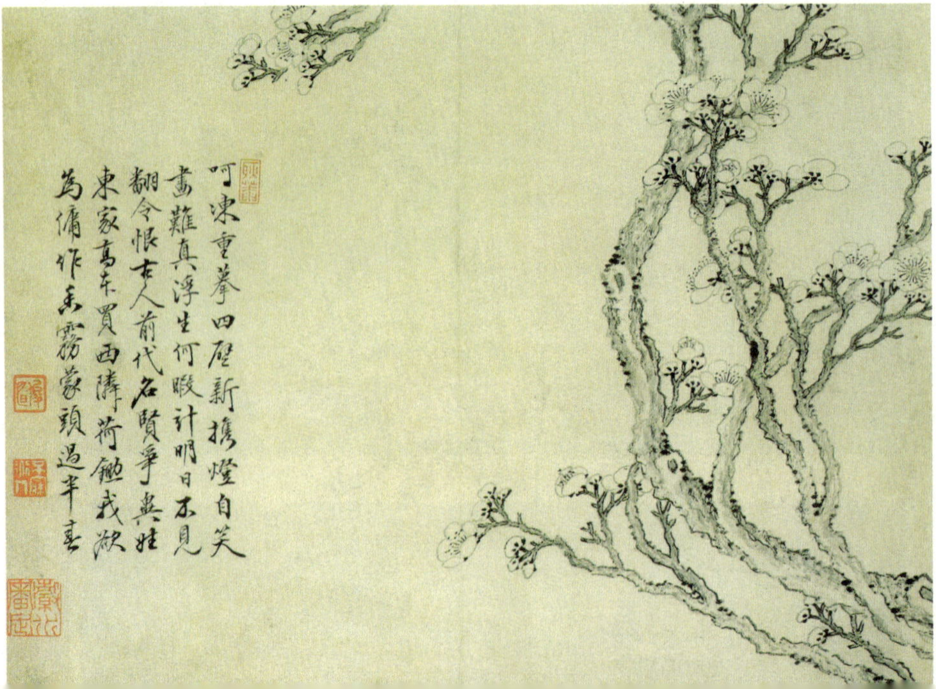

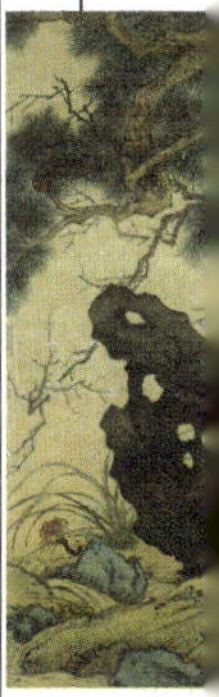

梅雪二首之一 [南宋]卢梅坡[1]

有梅无雪不精神，有雪无诗俗了人。
日暮诗成天又雪，与梅并作十分春。

【难点疏通】

①卢梅坡：南宋诗人。生卒年不详。与辛派词人刘过有过来往，刘过曾有一首词《柳梢青》是送卢梅坡的。卢梅坡属于花鸟诗人，其诗中从不感慨国家大事与黎民疾苦，感风吟月者很多。其中最为有名的就是两首《梅雪》诗。

【诗义解说】

有梅花没有白雪就显得不精神，有白雪没有诗篇就让人觉得庸俗十分。到了傍晚诗已写成天又下起了雪，与梅花一起合成了美丽的春景。

清·金俊明《岁寒三友图》

松、竹、梅被中国人称为岁寒三友，此图所绘就是这个内容。三种植物紧密地生长在一起，梅树老干苍劲，松树挺拔郁茂，翠竹亭亭玉立。松干用鱼鳞皴；梅干中间留白，边缘浓墨点苔；竹叶用重浓撇出。梅花、松针、竹叶形成一组坚强的耐寒意象。

梅雪二首之二 [南宋]卢梅坡

梅雪争春未肯降[1]，骚人阁笔费评章[2]。
梅须逊雪三分白[3]，雪却输梅一段香。

【难点疏通】

①未肯降：互不相让。 ②骚人：诗人。评章：评论。③逊：差，少。

【诗义解说】

梅与雪在春天激烈争论互不相让，诗人放下笔难作结论很费考量。客观地说梅应该比雪少了三分白，而雪却少了梅的那种清香。

清·陈字《梅花飞鸟图》

陈字(1634～?)，幼唤鹿头，初名儒桢，字无名，浙江诸暨人。陈洪绶四子，太学生。资质颖悟，自幼得父钟爱，善书工画，笔墨洒脱酣畅，有大家气，所绘人物、花草别树一帜。其诗亦工，然为画名所掩。此图又名《梅茶禽石图》。上绘短粗老干从左下部横伸，然后一嫩枝悬空向上挺立，枝上梅花盛开，又有山茶围绕老梅根部展开，一只秀丽的小鸟仰头向上而飞，红茶白梅颜色搭配艳丽。

探梅四绝之一　[南宋]刘辰翁[1]

江天欲雪未雪时，绝江探梅驴倒骑[2]。
空中着我方成画，乱后逢花且赋诗。

【难点疏通】

①刘辰翁(1231～1297)：字会孟，别号须溪，南宋庐陵（今江西吉安）人。进士出身。因母老，请为赣州濂溪书院山长。后入福建转运司幕，未几，入福建安抚司幕。度宗咸淳元年(1265)为临安府教授。四年入江东转运司幕，五年为中书省架阁，丁母忧去职。对专权误国的贾似道不满，后来坚决不肯担任官职。宋亡后，埋头著书。在南宋遗民里，他的词反映的爱国思想比较强烈。　②绝江：过江。

【诗义解说】

江上的天空要下雪还没有下，过江探寻梅花倒骑着毛驴。在这个空间里有我才成一幅画，战乱以后见到梅花就写一首诗。

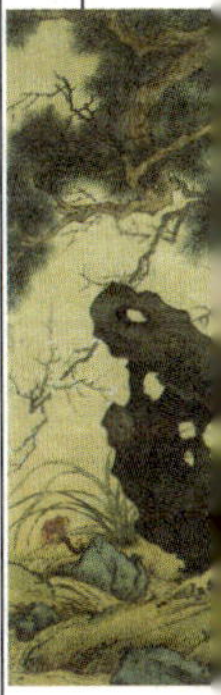

清·弘仁《松石梅花图》

弘仁(1610～1664)，字无智，出家后号渐江。俗姓江，名韬，字大奇，又名舫，字鸥盟。安徽歙县人。自小喜欢文学，绘画一生从不间断。“新安画派”的奠基人。与查士标、孙逸、汪立瑞等四人被称为“新安四大家”，也称“海阳四大家”。又与髡残、石涛、八大合称为画坛“四僧”。此图分两段，前段为松石，后段为梅花，此处所选为梅花一段。所绘梅花形象十分夸张，形成一个强度很大的“S”形，于苍劲中见韵致，于凝重中含清润。

咏 梅 [金]李俊民[1]

未报江南信，先开雪里村。
要看花上月，立马待黄昏。

【难点疏通】

①李俊民(1176～1260)：字用章，号鹤鸣老人，泽州晋城（今山西晋城市）人，唐高祖李渊第二十二子韩王李元嘉后裔。金、元之际著名学者，名重一时，上至天文，下至地理，经史百家，无所不晓。诗作重于当时。

【诗义解说】

没有得到江南梅开的信息，先在村边的雪里开出一枝。要想观看花上的月亮，就要骑在马上等待天黑时。

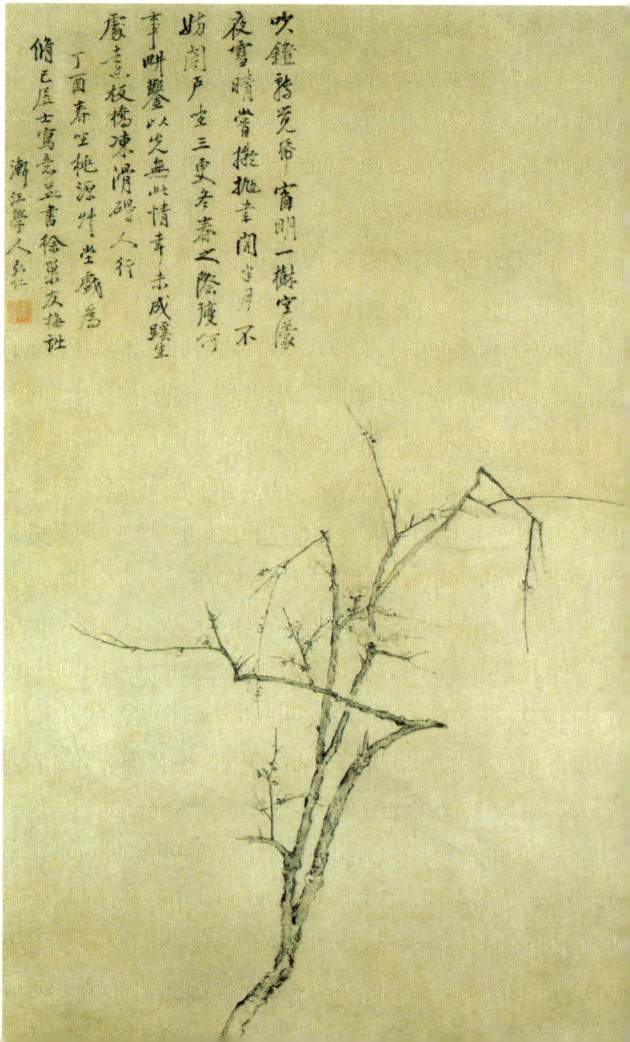

清•弘仁《梅花图》

图绘一折枝梅花，瘦硬刚劲，弯折有力。中部有一枝，几乎成九十度角横向生长，打破了画面的板直，顶部两嫩枝，亦成直角弯折。上有题诗曰：“吹灯转觉纸窗明，一树空濛夜雪晴。尝拟抛书闲半月，不妨闭户坐三更。冬春之际复何事，耕凿以先无此情。幸未成蹊生处远，板桥冻滑碍人行。”

梅花

[金]元好问[1]

一树寒梅古寺边，荒山老木动春妍[2]。
东家赖有诗人在[3]，照影横斜莫自怜。

【难点疏通】

①元好问(1190～1257)：字裕之，号遗山，太原秀容（今山西忻县）人，金代著名诗人、史学家。曾任儒材郎、国史院编修、尚书省掾、左司都事。金亡后二十余年间，致力于金史研究。涉足诗、词、文、散曲和笔记小说等文学的各领域，尤以诗的成就最高。②妍：美丽。 ③赖有：多亏有。

【诗义解说】

一株寒冷中的梅树生长在古寺边，荒山上的老树春天里花开烂漫。东家多亏有一位诗人住在那里，横枝倒映在水里不要自己爱怜。

清•叶欣《梅花流泉图》

叶欣，生卒年不详，活动于清顺治、康熙年间，字荣木，华亭（今上海松江）人。流寓金陵（今南京）。工画山水，笔墨方硬疏简，气韵清逸，自成一格。为“金陵八家”之一。此幅长卷以梅花为主体，疏密散落在江岸、山麓、丘陵、舍边、滩地等处。山峦起伏，或隐或现，溪流淙淙，极富江南平远渺茫之意。山石和松梅的勾皴峭劲坚实，虚实相间，创造了一种深邃的空间感。

红梅用诚之弟韵

[金]段克己[1]

梅花香里满蒲团[2]，万事人间总不干。
醉梦每怜春意浅，诗魂长绕夜枝寒。
记曾上苑溪头见，又向前村雪里看。
回首青蕤已如豆[3]，齿牙衰朽怯微酸。

【难点疏通】

①段克己(1196～1254)：金代文学家。字复之，号遁庵，别号菊庄。绛州稷山（今山西稷山）人。早年与弟成己并负才名。哀宗时与其弟先后中进士，但入仕无门，在山村过着闲居生活。金亡，避乱龙门山中（今山西河津黄河边），时人赞为“儒林标榜”。蒙古汗国时期，与友人遨游山水，结社赋诗，自得其乐。②蒲团：以蒲草编织的圆形扁平坐具，又称圆座。乃僧人坐禅及跪拜时所用之物。 ③青蕤：青色的果实。

【诗义解说】

梅花的香气布满了打坐的蒲团间，人间所有的事情都与我无干。醉梦里常常感到春意不深，诗的灵气常萦绕在寒冷的枝间。记得在上林苑的溪边曾经看见，现在又出现在前村的雪里边。回头看去青青的果子已经有豆子那么大，牙齿衰朽对微酸也感到不安。

清·吴宏《梅花图》

吴宏(1615～1680)，江西金溪人，移居江宁（今南京）。字远度，号竹史、西江外史等。清初著名画家。自幼好绘事，自辟蹊径。画作大多取材于自然景物，构图疏密相间，气势雄阔。与龚贤、高岑、樊圻、邹喆、叶欣、胡慥、谢荪合称为“金陵八家”。偶作竹石，亦有水墨淋漓之致。此图以苍老之笔挥写老干虬曲之势，以淡墨烘染月色迷蒙之趣。群花争妍，暗香浮动。上下俯仰呼应，黑白节奏鲜明。

乘兴杖屦山麓值梅始华 [金]段成己[1]

戏蝶游蜂总未知，小窗低亚两三枝[2]。
夜阑灯下横疏影[3]，浑似西湖月上时。

【难点疏通】

①段成己(1199～1279)：字诚之，号菊轩，绛州稷山（今山西稷山）人。段克己弟。两人同为哀宗时进士，授宜阳主簿。金亡，成己与兄避居龙门山（今山西河津黄河边）。克己殁后，自龙门山徙居晋宁北郭，闭门读书，近四十年。元世祖忽必烈降诏征为平阳府儒学提举，坚拒不赴。 ②低亚：低垂。 ③夜阑：夜将尽时。

【诗义解说】

嬉戏的蝴蝶游动的蜜蜂一点儿也不知道，小窗前有梅花低垂着三两枝。夜已很深灯下看到横斜的疏影，就好像西湖的月亮正升上空际。

清·樊圻《岁寒三友图》

樊圻(1616～？)，字会公，更字洽公，江宁（今江苏南京人）。善画山水、花卉、人物，无不精妙，穆然恬静，神韵俱佳。 仕女画有幽闲静逸之致。为“金陵八家”之一。作者的岁寒三友与一般的说法不同，他的岁寒三友为山茶、水仙和梅花。石分两组，一为浓染，一为淡擦，三友围绕着两组山石展开。双勾娴熟，没骨亦佳。

梅花百咏·孤梅 [元]冯子振[1]

标格清高迥不群，自开自落傍无邻。
天寒岁晏冰霜里[2]，青眼相看有几人[3]。

【难点疏通】

①冯子振(1257～1348)：字海粟，自号怪怪道人，又号瀛洲客。湘乡（今属湖南省）人，一说为攸州（今湖南攸县）人。仕至承事郎、集贤待制。为人博闻强记而才气横溢，以文章称雄天下。著有《居庸赋》，首尾五千言，雄浑正大，闳衍钜丽。曾与元代中峰禅师唱和，有《梅花百咏》一卷。所作散曲小令，或写个人闲适生活，或叹世羡仙，或即景生情、抒怀写志。　②岁晏：岁晚，岁末。　③青眼：黑色的眼珠在眼眶中间，青眼看人是表示对人的喜爱或重视、尊重（跟“白眼”相对）。

【诗义解说】

品格清高与百花不肯同群，自己开自己落旁边没有芳邻。开在天气寒冷又到岁末时的冰雪里，真正看重的能有几个人。

清·朱耷《瓶梅图》

朱耷(约1626～约1705)，江西南昌人，明末清初画家、书法家。用过个山、个山驴、驴屋、道朗等号，后又入青云谱为道。擅花鸟山水，笔墨简朴豪放、苍劲率意、淋漓酣畅，构图疏简奇险，风格雄奇朴茂。清初画坛“四僧”之一。图绘小口小底鼓腹的陶瓶，上插一枝瘦劲的梅花。简单的构图中表现了一种倔强不屈的精神。

梅花百咏·寒梅 [元]冯子振

山中万木冻欲折，
林下幽芳独自香。
怪底孤根禁受得①，
就中原有铁心肠②。

【难点疏通】

①怪底：奇怪的是。孤根：独特的根。禁受得：承受得了。　②就中：其中。

【诗义解说】

山中所有的树木被冻得都要折断，在树林下只有梅花独自散发着清香。奇怪的是它怎么能够承受得了，原来它本身就有铁石般的心肠。

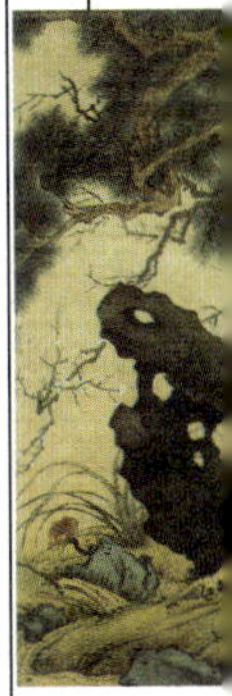

清·高简《有鹤守梅图》

高简(1634～1707)，字澹游，号旅云，又号一云山人，江苏苏州人。能诗，工山水。平生小品最多，好画梅花书屋图，冷隽可珍。图绘山间云雾缭绕，突出了云雾之上的山峰硬拙，下部山石浑融圆润。一道整齐的围栏中有一茅舍，舍边几株梅树铁骨铮铮，篱边一仙鹤迈着悠闲的步子。溪上小桥一座，草亭内一人端坐，其人正是宋代“以梅为妻，以鹤为子”的林和靖。画面用笔细腻，清新淡雅，虽为隆冬，但仍具有桃源之意。

梅花百咏·黄梅

[元]冯子振

青子初肥色半鲜①，绿阴深处压枝悬。
日长几阵廉纤雨②，正是江南四月天。

【难点疏通】

①青子：青梅。　②廉纤：细小，细微。多用以形容微雨。

【诗义解说】

青梅刚刚长大颜色已经很是新鲜，绿荫深处把枝头压弯。白天时间很长下了几阵濛濛细雨，现在正是江南的四月天。

清·恽寿平《双清图》

恽寿平(1633～1690)，初名格，字寿平，以字行，又字正叔，别号南田，一号白云外史、云溪史等。江苏武进人。清代著名画家。创常州画派，为清朝“一代之冠”。与“四王”加吴历并称“清初六大家”。又善诗文和书法，诗被誉为“毗陵六逸之冠”。书法别具一格，被称为“恽体”。此图画面集中在左侧，有白梅两枝，一昂首向上，一柔婉下垂，形成刚柔相济的态势。下部水仙数株，花繁叶茂，与上部的梅花相互呼应。画面淡雅而韵味无穷。

和冯子振梅花百咏·和观梅 [元]明本[1]

爱花终日对琼林[2]，饱玩豪吟兴趣深。
檀板金樽非乐事[3]，此心清白是知音。

【难点疏通】

①明本(1263～1323)：元朝僧人。俗姓孙，号中峰，法号智觉，西天目山住持，钱塘（今杭州）人。从小喜欢佛事，稍通文墨就诵经不止，常伴灯诵到深夜。二十四岁赴天目山，受道于禅宗寺，白天劳作，夜晚孜孜不倦诵经学道，遂成高僧。能诗善曲，在文学上有相当的造诣，尤其表现在作诗方面。 ②琼林：此指梅花林。 ③檀板：乐器名。檀木制的拍板。这里指音乐。

【诗义解说】

喜欢梅花整天面对着梅树林，尽情玩赏放声吟咏兴趣最深。音乐和美酒并不是快乐无比的事，只有内心清白才能与梅花成为知音。

清·恽寿平《花卉图册·松梅》

此幅图册共十开，分别以没骨法绘桃花、竹、萱、芍药、枇杷、菊花、海棠、凤仙等。画工精细，花叶脉络向背清晰，兼工带写，功力深厚。这里选的是松梅一开。梅树老干新枝交互生长，鲜花盛开，旁有一松枝，松针尖利，锋芒突出，有松果生在上面，表现了一种凛然难犯的精神。

和冯子振梅花百咏·和咀梅 [元]明本

细嚼冰蕤齿颊馨[1]，诗脾冷沁有余清[2]。
灵均可惜不知味[3]，却向秋风餐落英[4]。

【难点疏通】

①冰蕤：冰花，指梅花。　②诗脾：诗思。③灵均：屈原的字。　④餐落英：屈原《离骚》中有“餐秋菊之落英”句。落英，初开的花。

【诗义解说】

仔细咀嚼冰冷的花朵嘴里充满清香，寒冷的诗思进入内心仍有余清。可惜屈原不知道梅花的滋味，却在秋风中餐食秋菊的落英。

清·恽寿平《山茶腊梅图》

图绘梅花、山茶各一枝，梅枝上两嫩枝交叉生长，花朵盛开，用粉色染花瓣，用红色点花蕊，十分艳丽。下有一枝山茶，纤细婀娜，枝头花开数朵，花大而美，细枝似有难以承受之意。用浓淡不同的颜色表现叶子的向背。上有作者题诗一首：“寒香还与岁寒期，夜起移灯看雪时。不待春风到梅柳，山茶先发近窗枝。”

和冯子振梅花百咏·和江梅 [元]明本

寻香日日醉江边，更买扁舟花下眠①。
酒醒潮生风力紧，掀篷无奈雪漫天。

【难点疏通】

①买：租。扁舟：小船。

【诗义解说】

追寻梅花的香气天天醉在江边，又租了一条小船就睡在花的下面。酒醒之后潮水生起风声正紧，无奈的是掀去船篷又大雪满天。

清·恽寿平《山水花卉图册·梅花》

此册共绘山水七开，花卉七开。山水七开，大多以墨为之，笔墨水色都用得恰到好处，轻柔、疏松、明秀。花卉七开，画腊梅、玉兰、碧桃、牡丹、百合、枸杞、鱼藻等。以秀明的块面，窈窕的线条，清丽的用色，平整的构图，使作品华贵而不俗，高雅而亲切。这里选的是梅花一开。

梦题墨梅

[元]揭傒斯[1]

霜空冥冥江水暮[2]，江上梅花千万树。
无端折得一枝归[3]，一双蝴蝶相随飞。

【难点疏通】

①揭傒斯(1274～1344)：字曼硕，龙兴富州（今江西丰城）人，元代著名文学家、书法家、史学家。幼时家贫而读书刻苦，延祐初年(1314)由布衣荐授翰林国史院编修官，迁应奉翰林文字，前后三入翰林，封豫章郡公，修辽、金、宋三史，为总裁官。谥文安。著有《文安集》。与虞集、杨载、范梈同为“元诗四大家”，又与虞集、柳贯、黄溍并称“儒林四杰”。　②冥冥：昏暗的样子。　③无端：无缘无故，没有来由。

【诗义解说】

江水边的夜晚空中一片昏暗，江边上的千万株梅花正在盛开。随便折下一枝带着往回走，一对蝴蝶相随着一道飞来。

清·禹之鼎《西郊寻梅图》

禹之鼎(1647～1716)，清代画家。字尚吉，一字尚基，一作尚稽，号慎斋。江苏兴化人，后寄籍江都（今江苏扬州）。康熙二十年(1681)官鸿胪寺序班，以画供奉入直畅春园。写真多白描，秀媚古雅，为当代第一。一时名人小像多出其手。此图为“行乐”类人物肖像画，画中人头戴风帽，身着长袍，圆脸短须，于桥头踏雪寻梅，神情专注自若。梅石的线条用蚂蝗描，行笔粗细变化多样，运笔圆活，灵动自然。赋色匠心独具，白梅和红衣在深黄底色中十分醒目。

素梅五十六首之十六 [元]王冕①

江南江北寒气重，雪花如席蔽天来。
五更野叟敲门报，屋外老梅连夜开。

【难点疏通】

①王冕：见第21页图说。

【诗义解说】

江南江北仍然十分的寒冷，硕大如席的雪花铺天而来。五更时分村野老人敲门来报，屋外的老梅在夜晚盛开。

清·高其佩《杂画册·梅花》

高其佩(1672～1734)，字韦之，号且园，又号南村，别号颇多。铁岭（今属辽宁）人。指头画的创立者。艺术才华出众，能诗，工画，所绘亭台楼阁、人物、花鸟、鱼虫等，笔墨精细，设色艳丽，精妙绝伦，大胆地创造出了别具情趣的“舍笔而求之于手”的表现技法。他创作山水、人物、花鸟、走兽时，均信手一挥而就，在指勾掌抹中表现出一种独特的神韵。此册共十开，五开花木虫鱼，五开人物。这里选的是梅花一开。

墨梅

[元]王冕

我家洗砚池边树[1]，朵朵花开淡墨痕。
不要人夸颜色好，只留清气满乾坤。

【难点疏通】

①洗砚池：洗砚台的池塘。

【诗义解说】

我家洗砚的池边有一株梅树，开的每一朵花都染上墨的痕迹。不需要别人来夸它的颜色好，只是想留下一股清气充满天地。

清·原济《竹石梅花图》

原济(1642～约1718)，清初画家，僧人，俗姓朱，名若极，广西全州人。法名原济，一作元济。小字阿长，字石涛，号大涤子等，自称苦瓜和尚。善山水花果兰竹，尤以山水一反时人仿古之风，布局新奇，笔墨雄健纵恣，与弘仁、髡残、朱耷合称“四僧”。图绘山石耸立，方折坚硬。后有梅竹若干，相互交叠，以浓淡不同墨色表现远近距离。地面小草茸茸，一派生机。

题梅花士女　[元]李元珪①

梦里寻香出晓城，一声残角暗魂惊②。
美人不作罗浮梦③，独倚梅花看月明。

【难点疏通】

①李元珪：元代书法家，字廷璧，河东（今山西永济）人。书法如鲜于枢，作行草，劲爽可爱。诗亦佳。　②残角：远处隐约的角声。　③罗浮梦：唐人柳宗元《龙城录》载：隋人赵师雄游广东罗浮山，傍晚在林中小酒店旁遇一美人，遂到店中饮酒交谈。赵师雄喝醉睡着，在东方发白时醒来，发现睡在一株梅花树下。

【诗义解说】

梦里追寻梅花的香气清晨走出城门，远远传来角声惊醒了我的梦境。美人不会做罗浮那样的梦，一个人倚在梅树上看着月光清明。

清·原济《梅竹图》

此图用墨绘出。上有老梅一株，横向蟠曲出枝，花间衬以翠竹，更显春意盎然、苍茫大气。梅树枝干用墨较淡，笔锋潇洒，圈花为瓣。竹用浓墨，与梅树分出层次。整幅画水墨淋漓，气势不凡。卷尾有五言长诗，成为画面的有机组成部分。

月下观梅

[元]许桢[1]

老树清溪映白沙，可人竹外一枝斜。
黄昏信步前村去[2]，香到松林卖酒家。

【难点疏通】

①许桢：生卒年不详。字元干，元代文学家许有壬子。彰德汤阴(今属河南)人。以功补官太祝。 ②信步：随意行走。

【诗义解说】

清溪边的老树映在白沙滩上，让人高兴的是从竹林外边伸出一枝梅花。黄昏漫步走到了前村，清香一直飘到松林里的卖酒人家。

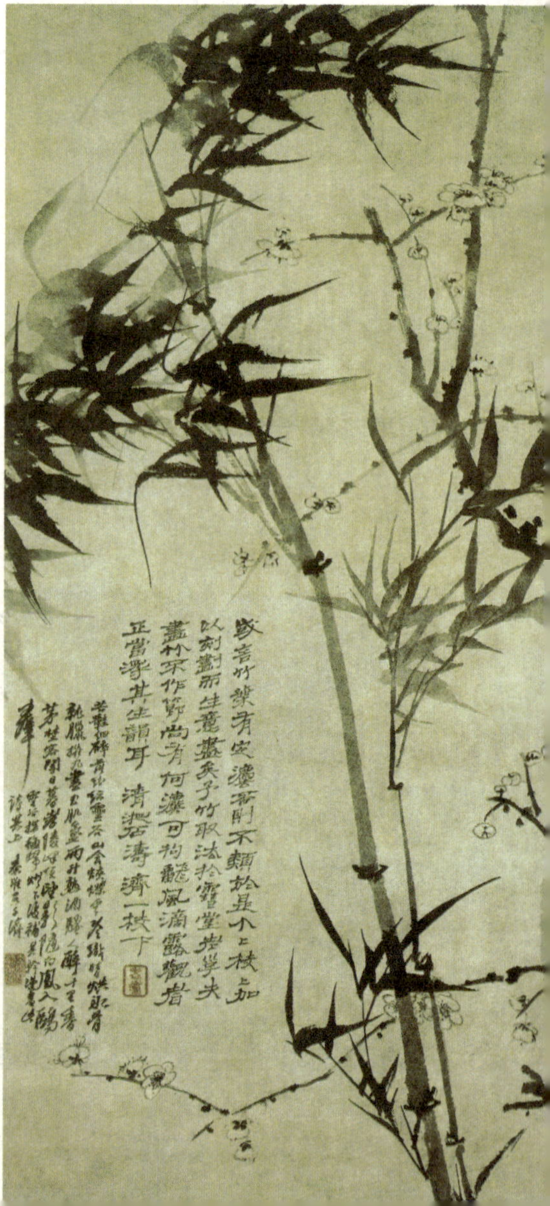

清·原济《灵谷探梅图》

图上画有两竿翠竹，两株梅树，翠竹并立，梅枝横向生长，二者相互交错，老干新竹，枝淡叶浓，疏密相宜。从竹叶的动向看，应有强烈的寒风从左侧刮来，但倔强的竹干有种泰山压顶不弯腰的精神，迎风而立，不屈不挠。

题梅

[元]贡性之①

平生心事许谁知？不是梅花不赋诗。
莫向西湖蹋残雪②，东风多在向阳枝。

【难点疏通】

①贡性之：字友初，一作有初，宣城（今安徽宣城）人。有刚直名，补合省理官。入明不仕，居山阴（今浙江绍兴），改名悦，躬耕自给以终，门人私谥曰真晦先生。工诗，善画梅竹。②蹋：踩。

【诗义解说】

有谁知道我一生的心事？不是梅花我就不写诗。不要在西湖踏着残雪寻找春迹，东风都吹在向阳的树枝。

清·原济《梅竹图》

此图上部用浓墨绘竹叶，显得茂盛而沉重，枝枝下垂。下部粗壮的梅树老干呈“W”形弯曲，但嫩枝仍不屈地向上生长，与下垂的树枝相呼应。此图还运用前浓后淡的用墨方法，拉开了物象间的空间距离。

题族兄马子英进士梅花 [元]丁鹤年[1]

池馆春深看牡丹[2]，五陵车马隘长安[3]。
谁知凛凛冰霜际[4]，却是梅花守岁寒。

【难点疏通】

①丁鹤年(1335～1424)：字永庚，号友鹤山人。回族，武昌人。元末明初著名诗人。出身官宦。自幼聪颖，勤奋好学。十七岁即精通《诗》《书》《礼》而负盛名。元末明初浪迹江湖，穷困潦倒，以教书、卖药为生。明洪武十二年(1379)，回武昌隐居曾祖父阿老丁墓旁，研究“天方之法”（即伊斯兰教义）。有《丁鹤年集》传世。 ②池馆：池苑馆舍。 ③五陵：汉代长安城外五个皇帝的陵墓所在地，分别为高祖的长陵、惠帝的安陵、景帝的阳陵、武帝的茂陵、昭帝的平陵，多迁贵族在陵区居住。后泛指汉唐时代贵族和有钱人的居住区。 ④凛凛：寒冷的样子。

【诗义解说】

春意已经很深人们都到花园里去看牡丹，贵族人家的车马堵塞了长安。谁知道在冰雪寒冷的天气里，只有梅花在守着岁末的严寒。

清·余稺《鸠雀争春图》

余稺，生卒年不详，字南州，江苏常熟人。工花鸟虫鱼，擅长院体画，用笔工整，设色艳丽，构思巧妙，能别出新意。写实功力深厚，受郎世宁、唐岱等宫廷画家影响，所作翎毛虫鱼，具有质感和动感，栩栩如生。图绘岸边山石耸立，一株老梅横向右侧，破出画面，又从上方转了回来，画断而意不断。洁白的梅花正迎风怒放。有雌雄二鸟，一立于树干上，一立于山石上，相对而语。上方有两只小鸟相互追逐撒欢，构成一派鸟语花香、春意盎然的意象。

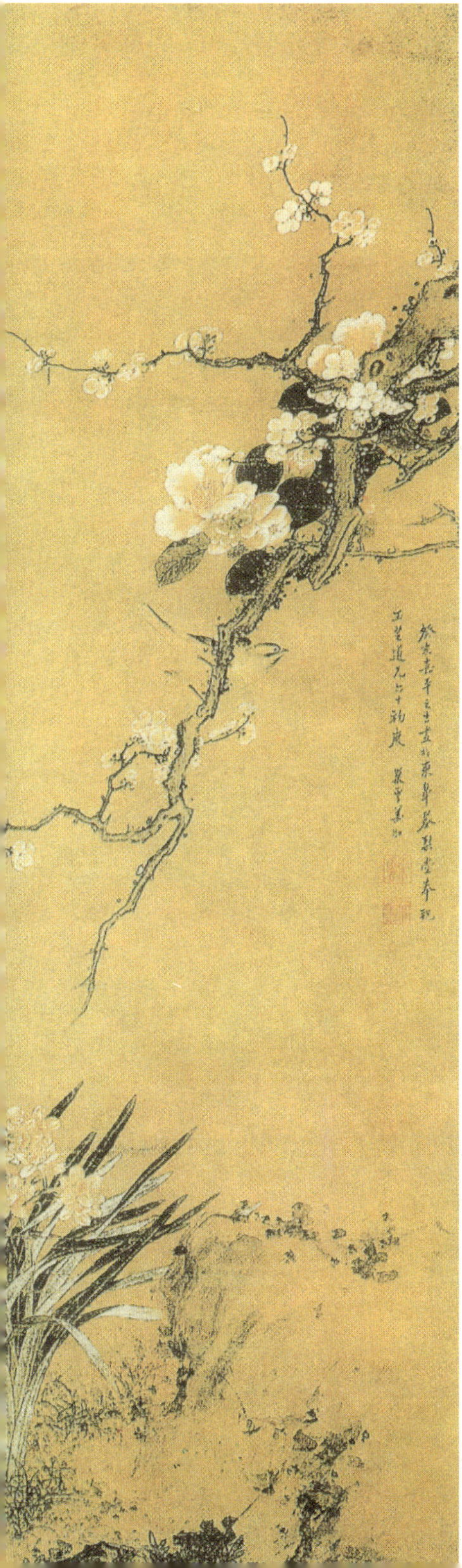

咏梅

[元]张庸[1]

拄杖寻春路不赊[2]，小桥流水野人家。
千年老干屈如铁，一夜东风都作花。

【难点疏通】

①张庸：元明之际诗人。字惟中，别号全归。慈溪（浙江宁波）人。生卒年不详。少负才名，读书过目不忘。入明后不肯出来做官，在家以教授诸子为业。　②赊：远。

【诗义解说】

拄着拐杖寻找春天走不很远，走到有小桥流水的野外人家。千年的老树干就像铁一样弯曲，一夜东风吹来全树都开了花。

清·姜泓《水仙茶梅图》

姜泓，泓一作泫，字在湄，号巢云。生卒年不详，杭州人。工花鸟，笔致生动，调色艳丽。此图构图别致，梅花从右上向左下垂下，水仙从左下向右上生长，形成一个对角线，二者似乎在努力接近。梅树枝干以枯笔勾出，花朵用彩色渲染，色泽淡雅。水仙、山石以淡墨点染，色调超群脱俗，气韵生动。

咏梅花

[元]梅花尼[1]

尽日寻春不见春，芒鞋踏遍岭头云[2]。
归来笑拈梅花嗅，春在枝头已十分。

【难点疏通】

①梅花尼：生活于元代，不知姓名，遍访名僧大德，历数十年，对禅理始终也未能理解。一日偶见梅花开放，豁然大悟，做了这个偈子，表达她大悟的心情。因此偈影响很大，人们便叫她“梅花尼”。 ②芒鞋：草鞋。

【诗义解说】

整天寻找春天却找不到春天，穿着草鞋踏遍了山山岭岭。回来笑着折下一枝梅花闻闻，才知道春在枝头上已经很深。

清·沈铨《群仙祝寿图》

沈铨(1682～1760)，字衡之，号南苹，浙江德清县（今湖州）人。少时家贫，随父学扎纸花。二十岁左右从事绘画，并以此为生。工写花卉、翎毛、禽兽，设色妍丽，工致精丽，赋色浓艳，极尽构图之巧。注重写实，画风谨严工细，造型准确生动。画中绘有鸳鸯、水仙、梅花、竹、绶带鸟等，谐其音为“群仙祝寿”，再配以幽涧流水及月季花等，富丽堂皇，艳而不俗。为沈氏的代表作。

梅花七绝句之四

[明]刘基[1]

稀疏寒玉小楼东[2]，骨冷魂清五夜风[3]。
唯有翠禽怜寂寞，一双相倚月明中。

【难点疏通】

①刘基(1311～1375)：字伯温。元末明初军事家、政治家及诗人，通经史，晓天文，精兵法。因辅佐朱元璋完成帝业，开创明朝并尽力保持国家安定，因而驰名天下，被后人比作诸葛亮。谥文成。　②寒玉：指似玉的梅花。　③五夜：五更。

【诗义解说】

稀疏的梅花开在小楼的东面，骨骼冷净魂魄清明又刮起五更的风。只有翠鸟可怜梅花的寂寞，一对小鸟相互依偎在月明之中。

清·沈铨《松梅双鹤图》

图绘青山秀水，老松腊梅，修竹仙鹤，浑然一体，超凡脱俗，宛若仙境。一只鹤仰首长啸，另一只俯身饮水，站立小溪两岸，形神兼备，传神入化，清雅之气跃然纸上。布局疏密得当，设色艳而不俗，用笔工整细腻。

画 梅

[明]牛谅[1]

梨花云底路参差[2]，折得春风玉一枝。
南雪未消江月晓，欲从何处寄相思？

【难点疏通】

①牛谅：字士良，东平（今山东东平）人，寓居吴兴（今浙江湖州）。洪武六年(1372)以秀才举官，至礼部尚书。工诗，能书，善画梅。有《牛士良诗集》。　②梨花云：《墨庄漫录》卷六引唐王建《梦看梨花云歌》：“薄薄落落雾不分，梦中唤作梨花云。瑶池水光蓬莱雪，青叶白花相次发……落英散粉飘满空，梨花颜色同不同。眼穿臂短取不得，取得亦如从梦中。无人为我解此梦，梨花一曲心珍重。”后以“梨花云”指梦中恍惚所见如云似雪的缤纷梨花。后用为状雪景之典。参差：此指岔路多。

【诗义解说】

雪花飞舞道路四通八达，在春风中折下玉一样的梅枝。南方的雪还没有融化江上的月亮已近拂晓，寄向什么地方来表达我的相思？

清·沈铨《梅花绶带图》

一株梅树虬曲多姿，枝干转折有致，正在开放的梅花艳丽无比，似有暗香从画面传出。一只绶带鸟栖于枝上，神情安详。树干用干墨皴擦，浓墨点疤痕。小鸟用笔工整，羽毛用浓墨，肚皮白色，嘴红色，十分可爱。

早 梅

[明]赵次诚[1]

江南冬十二月，溪上梅三两花。
载取小舟香影，月明自棹回家[2]。

【难点疏通】

①赵次诚：字学之，乐清（今属浙江）人。隐居不仕，以雪溪自号。著有《四书考义》《雪溪集》等。 ②自棹：自己划船。棹，船桨，这里用如动词，划。

【诗义解说】

江南冬天的十二月份，溪边的梅树已经开出两三朵花。载着一船的梅香梅影，自己划着小船回家。

清·华喦《山鹤爱梅图》

华喦（1682～1762，一作1682～1756），清代著名画家。字秋岳，一字空尘，号新罗山人、白沙道人等。福建临汀人，侨寓扬州。工诗善画，山水、花鸟、人物皆精，尤以人物见长，随意点染，无不佳妙。善用粗笔、渴笔，所画花鸟、草虫和小动物，形象都自然逼真，活泼生动，秀丽出众，富有生趣。画人物以简取胜，纵逸超脱，标新立异，独开生面。这幅图构思奇特，梅树好像挂在天上，色彩艳丽的山鹊站在山石的顶端，正回头仰望梅花，也许正在观看梅树间飞翔的小鸟。溪边还有一只小鸟也在仰头上望。色彩艳丽，活力无限。

陌上见梅

[明]高启①

陌头一树带风沙②，零落寒香日欲斜。
车马纷纷谁暇看，当年只合种山家。

【难点疏通】

①高启(1336～1374)：字季迪，号青丘子。吴郡长洲（今江苏苏州）人。力学工诗。家住北郭，与王友等十人号“北郭十才子”。明朝建立，被荐修元史，授翰林国史编修官，累官户部侍郎。善楷书，行、草入妙，诗、文皆精。 ②陌头：路旁。

【诗义解说】

路边一株梅树上布满了灰尘，寒冷中的香气四散太阳快要落山。车马纷纷从旁边走过谁有工夫看上一眼，当年就应该种植在深山里边。

清·高凤翰《梅花图册》

高凤翰(1683～1749)，又名翰，字西园，号南村，又号南阜，晚号云阜，别号因地、因时、因病等四十多个，晚署南阜左手等。山东胶县城南三里河村人。画家、书法家、篆刻家。山水纵逸不拘于法，纯以气胜。花卉亦奇逸得天趣。嗜砚，收藏至千余，皆自铭，大半手琢。究心篆刻，印宗秦汉，苍古朴茂。晚年右手残废，用左手作画。此图共八开，皆右手病后用左手所绘。此所选为其中的第一开。

雪湖赏梅

[明]徐有贞①

梅开催雪雪催梅，梅雪催人举酒杯。
折取琼枝插船上，满城知是探春回。

【难点疏通】

①徐有贞(1407～1472)：初名珵，字元玉，吴县(今江苏苏州)人，号天全。身材短小精悍，多智慧，喜功名，凡天文、地理、兵法、水利、阴阳、方术之书，无不研究。其书法古雅雄健，名重当时。又工山水，清劲不凡。有《武功集》五卷。

【诗义解说】

梅花开的时候催着下雪雪又催着梅花，梅花雪花催着人端起酒杯。折下一枝梅花插在船上，满城都知道这是踏青而回。

清·高凤翰《梅花图册》（之二）

此幅为《梅花图册》的第二开。绘水边坡上生长着一株苍劲的古梅，纤枝横向水面，枝上缀着盛开的花朵，大有“疏影横斜水清浅，暗香浮动月黄昏”之意。河中水波动荡，清晰可见。岸上细草披拂，春意融融。

访梅花庵

[明]姚绶[1]

竹有清风石有苔，是谁勾引此中来？
笑谈忽忆梅花老，何处吹箫月满苔？

【难点疏通】

①姚绶(1422～1495)：字公绶，号谷庵，又号仙痴、丹丘生、谷庵子、云东逸史等。少有才名，专攻古文辞，诗赋茂畅。天顺年间赐进士，官监察御史，奉命巡盐两淮，铲除积弊。因得罪权贵，成化初谪为永宁知府。以母老解官归。擅长书画。为明代中期吴门派的勃兴，起到了承前启后的作用。

【诗义解说】

竹间有清风吹来石头上长着青苔，是谁勾引我到这个地方来？谈笑间忽然想起了梅花将落，不知何处传来箫声月光洒满青苔？

清·高凤翰《梅花图册》（之七）

这是《梅花图册》的第七开。图上所绘红梅如游龙翱翔在天空，干上嫩枝极力向相反的方向延伸，正像龙伸开的爪子。点点红花像绽放的粒粒火珠，凌空飞舞。气势非凡，功力深厚。

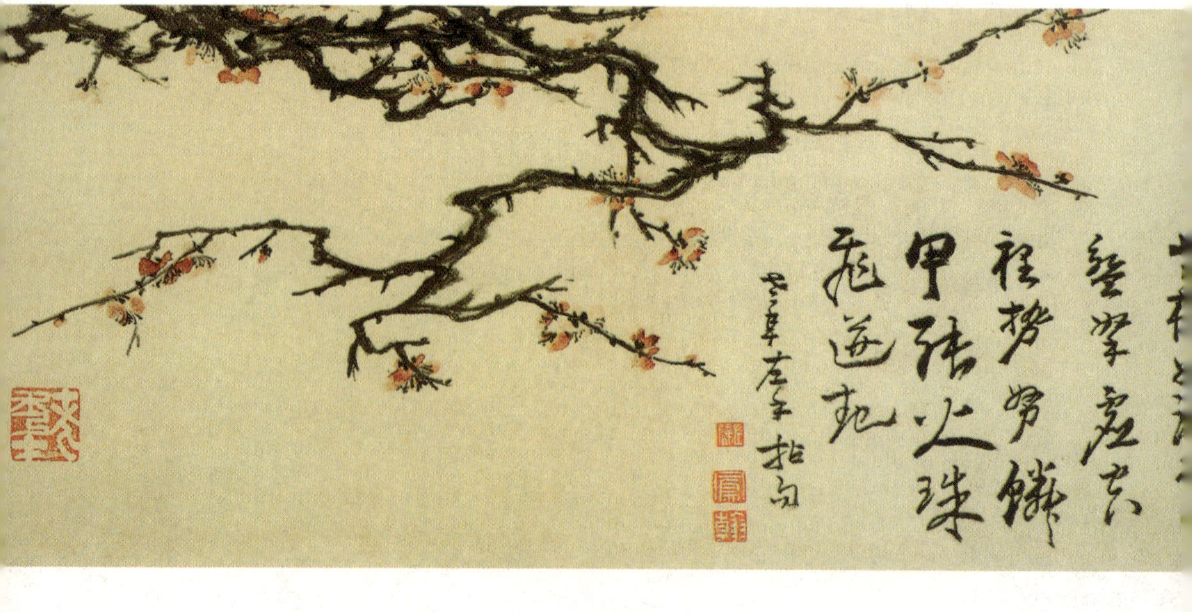

雪湖赏梅四首之一 [明]沈周[1]

少在城中多在乡，寻梅犹抵候朝忙[2]。
新诗似与梅相约，诗到成时梅恰香。

【难点疏通】

①沈周(1427～1509)：明代杰出书画家。字启南，号石田、白石翁等。长洲（今江苏苏州）人。不应科举，专事诗文、书画，是明代中期文人画“吴派”的开创者，与文徵明、唐寅、仇英并称“明四家”。 ②候朝：等待上朝。

【诗义解说】

很少在城中多数时间都在乡下，寻访梅花比等着上朝都忙。写出的新诗好像与梅事先约定，诗写完的时候梅花正好散发着清香。

清·高凤翰《梅花图册》（之八）

这幅图与其他几幅又有所不同，为梅树安排了一个环境，那就是耸立在岸边的几块巨石。老梅从石块之间长出，虬曲婉转，上破画面。有趣的是在石的孔洞里，也伸出一朵梅花，活泼生动，情趣无限。

梅 涧

[明]李东阳[①]

地僻沙寒水更清，老梅偏向涧边横。
风吹落瓣仍低陨[②]，石压傍枝却倒生。
野鹤对人轻欲舞，蹇驴冲雪瘦能行[③]。
山翁只在山中老，看尽春光不入城。

【难点疏通】

①李东阳(1447～1516)：字宾之，号西涯，湖广茶陵（今湖南茶陵）人。历任翰林院庶吉士、翰林院编修、应天府乡试考官、礼部右侍郎、文渊阁大学士等。著名政治家、文学家、书法家。诗文典雅工丽，其诗影响形成“茶陵诗派”。 ②陨：落。 ③蹇驴：瘦驴。冲雪：冒雪。

【诗义解说】

地处偏僻沙滩寒冷的水更加清澈，苍老的梅树偏偏向溪涧边横伸。风吹落花瓣在低空飘飞，石头压住旁枝又倒着生成。野鹤对着人想要翩翩起舞，骑着瘦驴冒着雪也能前行。山里的老人只应该在山里老去，看完了春天的光景也不进城。

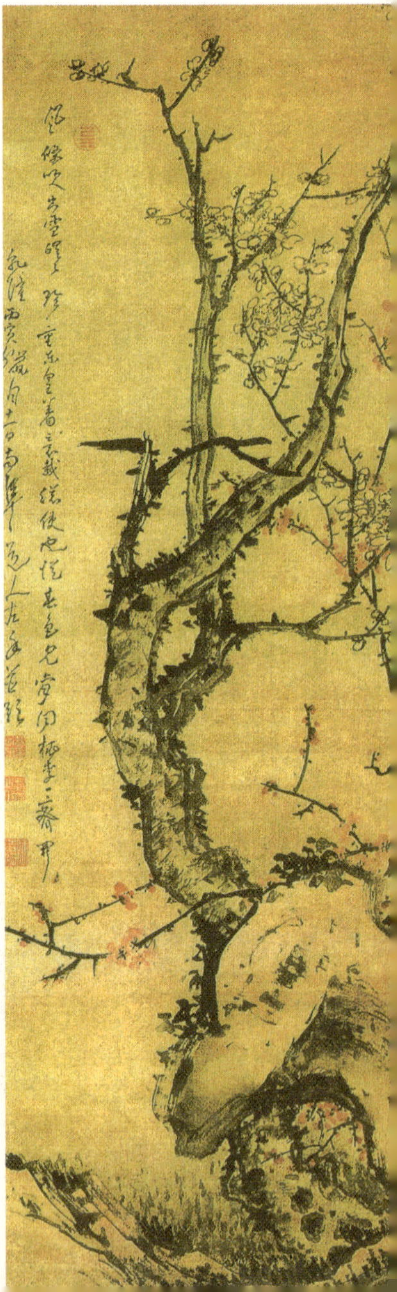

清·高凤翰《梅石图》

图绘红梅、白梅各一株，白梅粗壮，红梅纤细，形成了主次。红梅白梅交错穿插，红花白花交相辉映。下方置一怪异的石块，稳定了画面。红梅以点叶法写出，白梅则由墨笔圈画，疏密有致，神韵飞扬。

题梅花画卷五首之五 [明]祝允明①

迩来无事绮窗间②，细勘门前数点山③。
山上梅花白于雪，雪花中覆几山湾。

【难点疏通】

①祝允明(1460～1527)：字希哲，号枝山，因右手有六指，自号枝指生，又署枝山老樵、枝指山人等。长洲（今江苏苏州）人。能诗文，工书法，特别是其狂草颇受世人赞誉，流传有“唐伯虎的画，祝枝山的字”之说。与唐寅、文徵明、徐祯卿齐名，并称“吴中四才子”。 ②迩来：近来。绮窗：雕有花纹的窗户。 ③勘：点数。

【诗义解说】

近来无事坐在窗户前，仔细数着门前的几座山。山上的梅花比雪还白，雪花飘落又覆盖了几座山。

清·汪士慎《梅花图册》（之一）

汪士慎(1686～1759)，清代著名画家。字近人，号巢林、溪东外史等。安徽休宁人，寓居扬州。在诗、书、画、印诸方面皆有很高的成就。擅画花卉，随意勾点，清妙多姿。精画兰竹，尤擅长画梅，笔致疏落，超然出尘，笔意幽秀，气清而神腴，墨淡而趣足，其秀润恬静之致，令人争重。工诗，善写隶书，又长篆刻。为“扬州八怪”之一。此册共八开，画面气象清旷，色泽明润，笔墨疏松，线条文柔，具有强烈的文人画气息。此为其中一幅。

梅 花 [明]唐寅[1]

山上雪如梅，山下梅如雪。
怪底暗香清，浮动黄昏月。

【难点疏通】

①唐寅：见第50页图说。

【诗义解说】

山上的白雪就像盛开的梅花，山下的梅花就像落下的雪花。难怪香气是那样的清新，浮动在黄昏的月光之下。

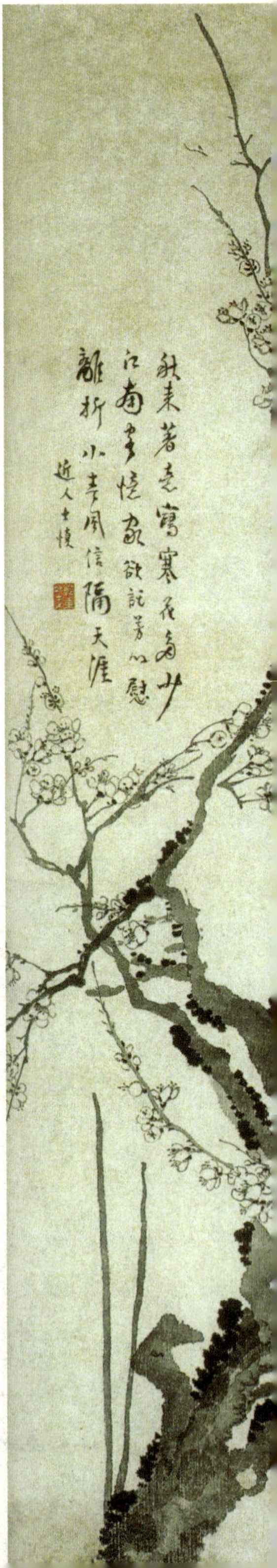

清·汪士慎《梅花图屏》（之一）

此组梅花图屏共八幅，以水墨画梅花，新枝繁茂，疏影横斜，花朵或盛开，或含苞待放。梅干多用粗笔浓墨，瘦劲屈曲，既有苍龙出岫之势，又有卧虎休闲之态。嫩枝上千花万蕊，布满画面。花瓣用淡墨圈出，花蕊用细笔勾描。自然洒脱，清妙独绝。这里选的是其中一幅。

梅花四首之四 [明]唐寅

一年若得长寒冷，
四季便拼长不醒①。
买田筑室老西湖，
密种梅花八千顷。

【难点疏通】

①拼：宁肯。

【诗义解说】

一年如果都很寒冷，宁肯四季里长睡不醒。在西湖边买块地筑间小屋，密密地种上梅花八千顷。

清·汪士慎《梅花图屏》（之二）

这是《梅花图屏》的又一幅。图绘一枝老干从右侧伸出，然后又以大角度转折回来，嫩枝有的向上延伸，有的垂下。下有一根嫩枝，与之交错，繁花朵朵，争奇斗艳。上有作者题诗一首："煮石先生迹已遐，平生香梦散天涯。曾于僧舍观遗墨，偷学横香一干斜。"

梅二首之二 [明]陈道复①

梅花得意占群芳，
雪后追寻笑我忙。
折取一枝悬竹杖，
归来随路有清香。

【难点疏通】

①陈道复：见第51页图说。

【诗义解说】

梅花得意的事情是开在百花之前，一场雪后到处去看梅花人们笑我瞎忙。折下一枝挂在竹杖之上，回来的一路上都有花的清香。

清·汪士慎《梅花图屏》（之三）

这幅梅花图则又别具匠心，主干从底部挺出，从左侧伸出画面，又从上方出现，直上云天。给读者留下了想象的余地。枝干纵横交错，但并不凌乱，每根枝条上都开满了花朵，似有缕缕香气从画面上飘出。

王元章墨梅五首之一① [明]文嘉②

江云漠漠飞轻霜，空庭老树纷琼芳。
冰肌玉骨吹暗香，山傍水曲俱光芒。

【难点疏通】

①王元章：即元代画家王冕，字元章。　②文嘉(1501～1583)：字休承，号文水，明湖广衡山（今属湖南）人，系籍长洲（今江苏苏州）。文徵明仲子，吴门派代表画家。初为乌程训导，后为和州学正。能诗，工书，小楷清劲，亦善行书。精于鉴别古书画，工石刻，为明一代之冠。

【诗义解说】

江上的云彩厚重飞着轻霜，空旷的庭院里老树上鲜花正在开放。冰一样的肌肤玉一样的骨骼又吹来暗暗香气，山旁边水湾处梅花都是一片光芒。

清·汪士慎《梅花图》

图中老干全用浓墨绘出，十分润泽，再用笔点出表皮的凹凸不平。嫩枝上繁花簇拥，花朵虽小但每一朵都清清楚楚，一丝不乱，从而表现出梅树的倔强峥嵘与无限生机。用笔遒劲，枝干穿插和谐自然。

和冯海粟梅花百咏·和早梅

[明]周履靖①

纷纷瑞雪占年华，
岭外江边未见花。
应是地灵偏得明，
一枝先发野人家。

【难点疏通】

①周履靖：字逸之，初号梅墟，改号螺冠子，晚号梅颠，嘉兴（今浙江嘉兴）人。性慷慨，善吟咏。尤工书，大小篆、隶、楷、行、草无不妙。善山水，兼精人物。

【诗义解说】

瑞雪纷飞近来一段时间下个不停，岭外的江边还没有见到鲜花。应该是地气灵验偏得好处，一枝首先开在村野人家。

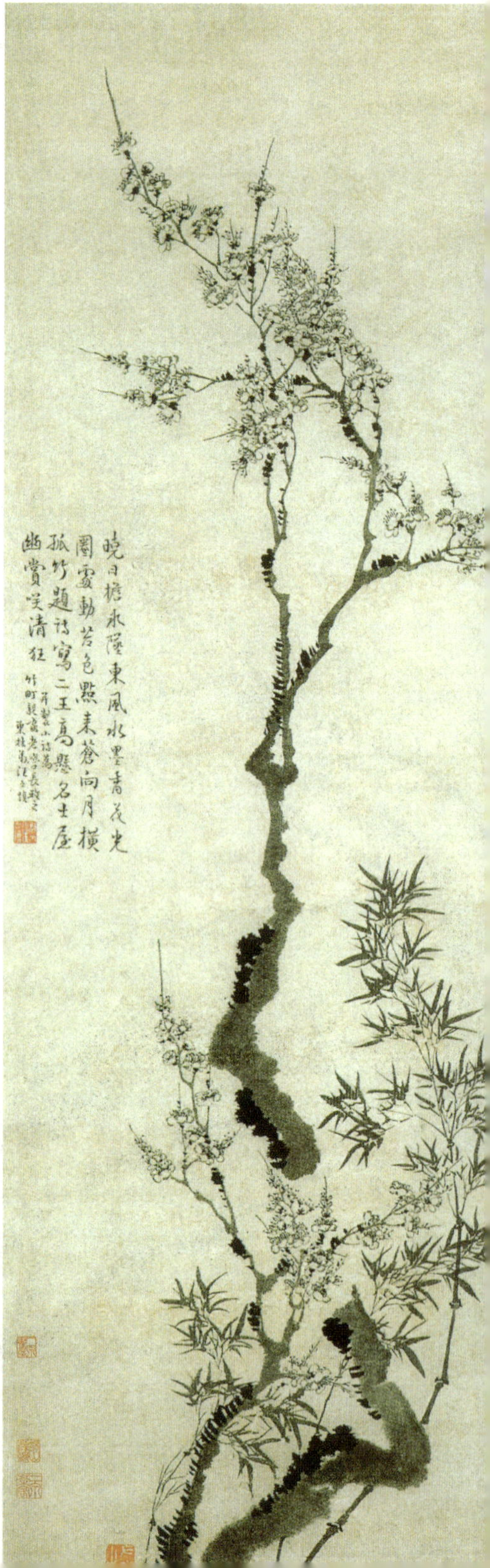

清·汪士慎《梅竹图》

图绘梅树亭亭玉立，挺拔苍劲。下有一枝翠竹迎风摇曳，婀娜多姿。用湿笔绘树枝，却不失盘旋遒劲之势，再用浓墨点蕊，繁密茂盛。竹则清峻细劲。构图简约，疏密有致。上有作者题诗一首：“晚日檐水坠，东风水墨香。花光圈处动，苔色点来苍。向月横孤竹，题诗写二王。高悬名士屋，幽赏笑清狂。”

看梅花过玄墓山中二首之一①

[明]王稚登②

人似梅花瘦，舟如兰叶长。
青山十亩白，流水一春香。
种密人难入，开齐夜有光。
苔枝容我折，野老不嗔狂。

【难点疏通】

①玄墓：山名，亦作元墓，在今苏州吴县。相传东晋郁泰玄葬此，故名。与光福、邓尉诸山相连，多植梅花，花开望之若雪，有“香雪海”之誉。　②王稚登(1535～1612)：字百谷、伯穀，号半偈长者、青羊君、广长庵主等。先世江阴人，后移居吴门（今苏州）。少有文名，善书法，四岁能属对，八岁善书擘窠大字，十岁能作诗，长而骏发有盛名。嘉靖末年入太学，万历时曾召修国史。万历十四年与屠隆、汪道昆、王世贞等组织“南屏社”，广交朋友，人称“侠士”。

【诗义解说】

人比梅花还要消瘦，小舟像兰叶那样纤长。青山十亩都变成了白色，流水都带着花的清香。种植得太密人很难进去，全部开放之后夜晚也能看见花光。长有青苔的树枝允许折取，山野老人不会责怪我的疏狂。

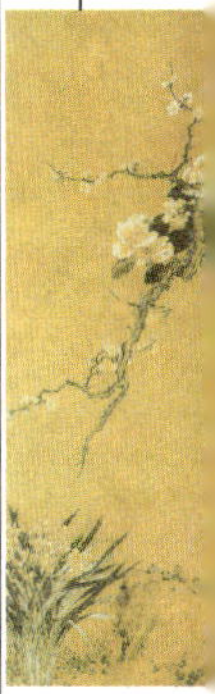

清·金农《梅花图册》（之一）

金农(1687～1763)，字寿门，号冬心、司农等。仁和（今浙江杭州）人，流寓扬州。博学多才，精鉴别，工书法，自创“漆书”，风格在隶楷之间。尤善诗文，造诣悠远，蓄韵幽微。年五十开始绘画，擅山水、人物、花卉。为“扬州八怪”之一。此册共二十二开，多绘繁枝密花，构图饱满，似春光盈幅，生机郁勃。偶作粗干疏枝，立意奇特，韵味隽永。此为其中的一开。

梅

[明]陈继儒[1]

村边杨柳已拖黄[2]，一路云深旧讲堂。
偶向梅花村里度，芒鞋到处雪痕香。

【难点疏通】

①陈继儒：见第73页图说。　②拖黄：发芽。

【诗义解说】

村边杨柳已经发出了嫩芽，一路云雾缭绕到了旧时讲学的地方。偶然从梅花村里走过，所到之处草鞋都带着雪的痕迹和梅花之香。

清·金农《梅花图册》（之二）

作者用淡墨染出一通山石，个别地方点上浓墨，一束梅花从右侧伸出，从前到后把山石包围，像把山石抱在怀里一样，气势不凡，构图超群。梅花树干用淡墨，浓墨点苔，下面一枯枝则用浓墨。全图水墨淋漓，气韵生动。

灵谷寺梅花坞 [明]焦竑[1]

山下几家茅屋，村中千树梅花。
籍草持壶燕坐[2]，隔林敲石煎茶。

【难点疏通】

①焦竑(1540～1620)：字弱侯，号漪园，又号澹园。祖籍山东日照，后寓居南京。万历十七年(1589)会试北京，得中状元，授翰林院修撰，皇长子侍读等职。博览群书、严谨治学，尤精于文史、哲学，为明代晚期著名思想家、藏书家、古音学家、文献考据学家。

②籍草：坐在草地上。燕坐：闲坐。

【诗义解说】

山脚下有几间茅草屋，村里面有千株梅花。带着酒壶随便坐在草地上，隔着树林敲着石头煮茶。

清·金农《梅花图册》（之十三）

图绘一段树桩，伤痕累累，疤结重重，显然是历尽风雨的侵袭，但精神不倒，豪气仍在。你看在干枯的树干上，一嫩枝仍倔强地生长着，枝上还开着几朵梅花，下方小枝上也有一朵，根部又长出了三根嫩枝。上有作者题诗曰：“雪比精神略瘦些，二三冷朵尚矜夸。近来老丑无人赏，耻向春风开好花。”

次韵招孟阳出郭看梅 [明]李流芳[1]

门外春风应候来[2]，扁舟还拟去寻梅。
山僧每讶多年别，游侣方欣久客回。
草阁一枝先破萼，村园数树已生苔。
只今步屧堪乘兴[3]，新醅还期待子开。

【难点疏通】

①李流芳(1575～1629)：字长蘅，一字茂宰，号檀园、香海、古怀堂、沧庵，晚号慎娱居士、六浮道人。歙县（今属安徽）人，侨居嘉定（今属上海市）。三十二岁中举人，后绝意仕途。诗文书画俱佳，与娄坚、程嘉燧、唐时升合称“嘉定四先生”。 ②应候：顺应时令节候。 ③步屧（xiè）：穿着木板拖鞋。屧，古同“屟”，古代鞋的木底。泛指木板拖鞋。

【诗义解说】

门外的春风随着季节到来，划着小船想要去寻找寒梅。山里的僧人每次对分别多年而惊讶，同游的伙伴都高兴地看到久客他乡的人回来。草阁旁的一枝已经先破了花蕾，村中园里的一些树都长了青苔。现在穿着木板鞋乘兴前往，新酿的美酒还等待着您来打开。

清·金农《梅花图册》（之十四）

图绘极为粗壮的梅树底部主干，像一座小山，像一块巨石，形象怪异，历尽沧桑。此干上不见顶，不知有多高，但从落在地上的厚厚的梅花瓣来看，上面一定是枝繁叶茂。树干的周围梅花瓣飘落一地，仍不断有花瓣飘落，一股苍凉之气扑面而来。

瓶　梅 [明]谭元春[1]

入瓶过十日，愁落幸开迟。
不借春风发，全无夜雨欺。
香来清净里，韵在寂寥时。
绝胜山中树，游人或未知。

【难点疏通】

①谭元春(1586～1637)：明代文学家。字友夏，号鹄湾，别号蓑翁。湖广竟陵(今湖北天门市)人。天启七年(1627)乡试第一。与同里钟惺共选《诗归》，一时名声甚赫，世称“钟谭”。创立了文学流派“竟陵派”。崇祯年间，活动于南京、苏州、杭州一带，与“复社”名流茅元仪、宋献孺等往来，诗酒唱和。崇祯十年(1637)赴京会试，不幸病死于旅舍，享年五十二岁。

【诗义解说】

插在花瓶里已经过了十多天，担心枯萎凋落庆幸的是开得很晚。不凭借东风吹拂就开出花来，也完全没有夜晚风雨的侵犯。从清静的环境中产生了香气，高雅的韵味产生在寂寞的时间。完全胜过了山里的树木，游人或许并不知道这一点。

清·金农《花卉蔬果图·青梅》

此图画面十分简单，只有两株梅枝，一枝从上垂下，一枝从左侧伸出，枝上都长着诱人的梅子，叶子浓绿，果实青色，对比鲜明，突出了青梅的特点。图上有作者题诗一首：“江南暑雨一番新，瞥见青青叶底匀。梅子酸时酸不了，世间多少皱眉人。”

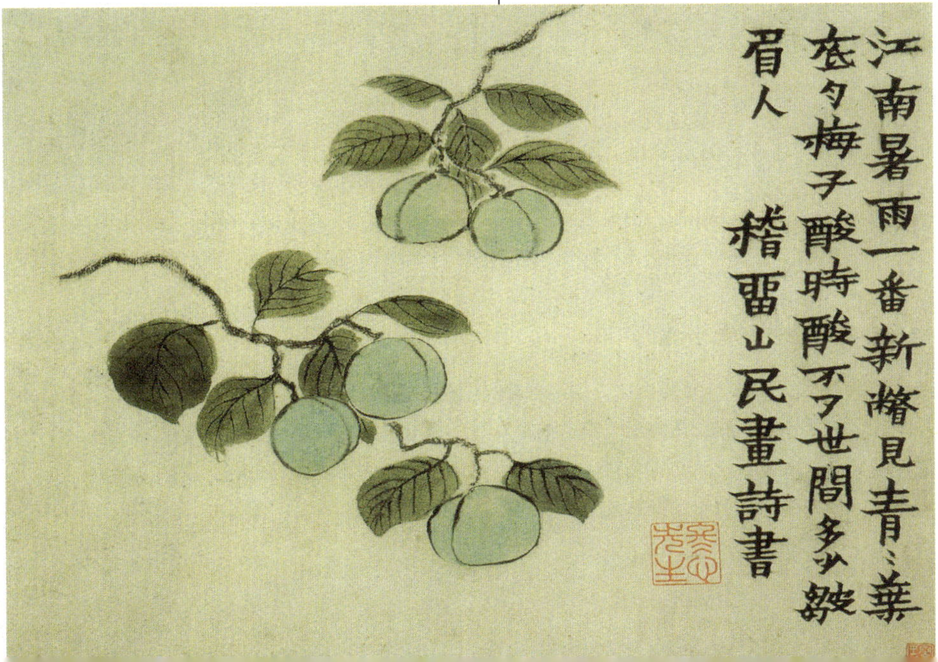

梅花六首之六 [明]项圣谟[1]

横窗惊见一枝枝，清影纷披月上时[2]。
坐到黄昏看到老，不知吟就几多诗。

【难点疏通】

①项圣谟：见第87页图说。　②纷披：杂乱而散散落落。

【诗义解说】

忽然看见一枝枝梅花横在窗前，月亮升上来的时候清新的影子一片散乱。每天都坐到黄昏一直看到老，不知道吟诵出了多少诗篇。

清·金农《玉壶春色图》

图绘顶天立地的一段梅树干，上不见顶，下不见底，淡墨挥写，浓墨点苔，花朵用小笔勾瓣，然后点粉，繁枝密萼相互穿插交叠，淡墨白花，相得益彰。整个画面变化多端，内容丰富，一种凛然难犯的精神跃然纸上。

探梅 [明]王微[1]

故人辞我去，期我梅花时。
昨夜偶相念，起看庭树枝。

【难点疏通】

①王微(1600～1647)：字修微，自号草衣道人，明末广陵（今扬州）妓。七岁丧父后流落青楼，先嫁茅元仪，后嫁许誉卿。

【诗义解说】

老朋友与我告别离去，相约再见面等到梅花盛开之时。昨天夜晚偶然想起了这件事，从床上起来去看庭院里开花的梅枝。

清·金农《梅花图》

图绘墨白梅花两枝，从左向右横向取势，繁花茂密，布满画面。梅干用焦墨率笔写之，花瓣有的用浓墨点画，墨色凝重；有的用细笔勾圈，简洁明净。虬枝短梢，于朴拙中见秀雅。

梅花三首之三　[明]王夫之[①]

开从小雪入新年[②]，雪妒霜侵不损妍[③]。
珍重深寒禁冻蝶[④]，低飞不过浅阑边[⑤]。

【难点疏通】

①王夫之(1619～1692)：字而农，号涢斋，别号一壶道人，湖南衡阳人。晚年居衡阳之石船山，世称船山先生。明末清初杰出的思想家、哲学家，与方以智、顾炎武、黄宗羲同称“明末四大学者”。学问渊博，对天文、历法、数学、地理学等均有研究，尤精于经学、史学、文学。主要著作有《周易外传》《周易内传》《尚书引义》《张子正蒙注》等。　②小雪：中国农历中表明气候变化和农事季节的二十四节气之一，在11月22日或23日。　③妍：美丽，好看。　④珍重：难得，幸亏。　⑤浅阑：低矮的栏杆。

【诗义解说】

从小雪就开始开花一直开到新年，雪也忌妒霜的侵袭仍不损它的鲜艳。多亏了严寒蝴蝶不能到来，低低飞行过不了低矮的围栏。

清·金农《墨梅图册》（之六）

此册共十二开，所绘梅花构图新奇，画面上有的老干蟠曲，有的疏枝交错，有的繁花似锦，姿态多样，富于变化。枝干多用淡墨一笔写出，花瓣则用细腻之笔法精勾，古朴中见秀雅。这里选的是其中一开。

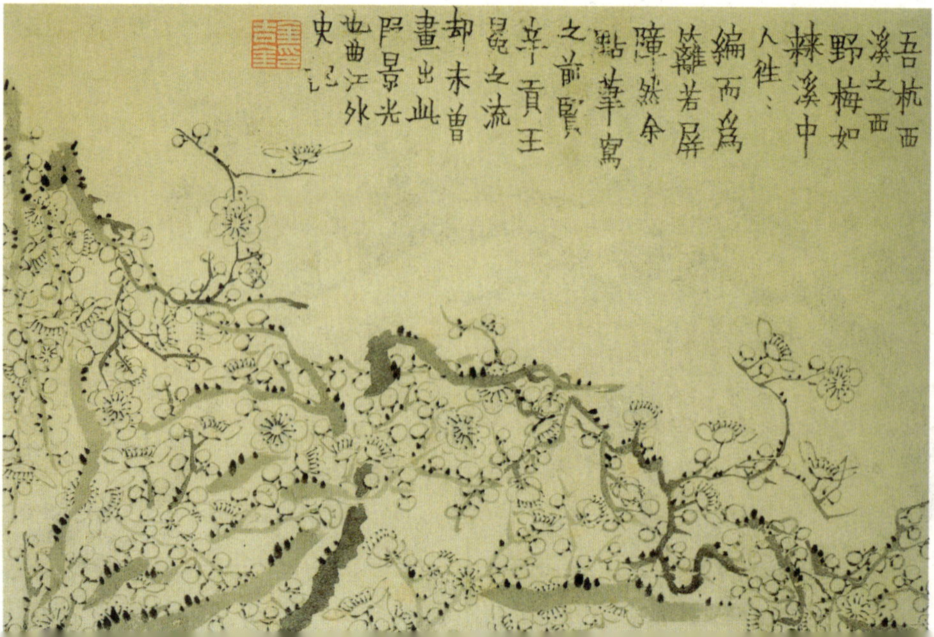

墙角红梅九月发花一朵偶成四绝时羁狱舍之三

[明]张煌言[①]

何用高吟昔昔盐[②]，也应索笑到巡檐[③]。
独惊梅菊争先吐，东阁东篱韵两拈[④]。

【难点疏通】

①张煌言(1620～1664)：南明将领，诗人，民族英雄。字玄著，号苍水。鄞县（今浙江宁波）人。崇祯年间举人。南明弘光元年(1645)清兵大举南下，连破扬州、南京，擒杀弘光帝。张煌言组成数千人的队伍在宁波城隍庙集会，拥立鲁王朱以海。后与郑成功配合，亲率部队连下安徽二十余城，坚持抗清斗争近二十年。至康熙三年(1664)，见大势已去，隐居不出，被俘后遭杀害。　②昔昔盐：古乐府曲调名，谐音“夕夕艳”。明代杨慎认为就是梁代乐府《夜夜曲》。昔昔，夜夜。盐，即艳。　③巡檐：来往于檐前。　④东阁：指东亭。故址在今四川省崇庆县东。唐杜甫《和裴迪登蜀州东亭送客逢早梅相忆见寄》诗：“东阁官梅动诗兴，还如何逊在扬州。”东篱：指陶渊明“采菊东篱下，悠然见南山”诗句。拈：拈阄。古代作诗，常把诗题拈成阄让人抓，抓到什么题就作什么诗。

【诗义解说】

哪里用得着高声吟咏昔昔盐，也应该到房檐下去寻找快意。感到吃惊的是梅花菊花争相开放，东阁与东篱得到的是两种诗题。

清·金农《墨梅图册》（之八）

图绘梅花满树，如满天星斗，如天边彩霞，灿烂辉煌。墨笔绘枝，一笔而成，淡墨点花瓣，细笔浓墨点花蕊，密而不窒，繁而不乱。上有作者题记云：“乾隆元年应举至都门，与徐亮直翰林过张司寇宅，司寇出观赵王孙墨梅小立轴，冷香清艳，展示撩人，大似予缁尘染素衣也。今二老仙去，予亦衰颓，追写寒葩，不觉黯然自失，恨不得令二老见我横枝满幅，作简斋诗句，一题其上也。”

小楼咏雪月

[明]林玉衡[1]

梅花雪月本三清，雪白梅香月更明。
夜半忽登楼上望，不知何处是瑶京[2]。

【难点疏通】

①林玉衡：字似荆，前明举人林章女，诗人林古度之妹，归倪方伯之孙廷相。其父曾为抗倭名将戚继光帐下幕僚，为人正直，后因上书朝廷言政事得祸，死于监狱。玉衡七岁即能诗。其父建小楼落成，值雪后月出，楼前梅花盛开，命之吟，玉衡应声赋云："梅花……"长老传诵，皆为惊叹。　②瑶京：繁华的京都。

【诗义解说】

梅花白雪月亮本为三清，雪色洁白梅花芬芳月亮更明。半夜忽然登上小楼远望，不知什么地方是繁华的京城。

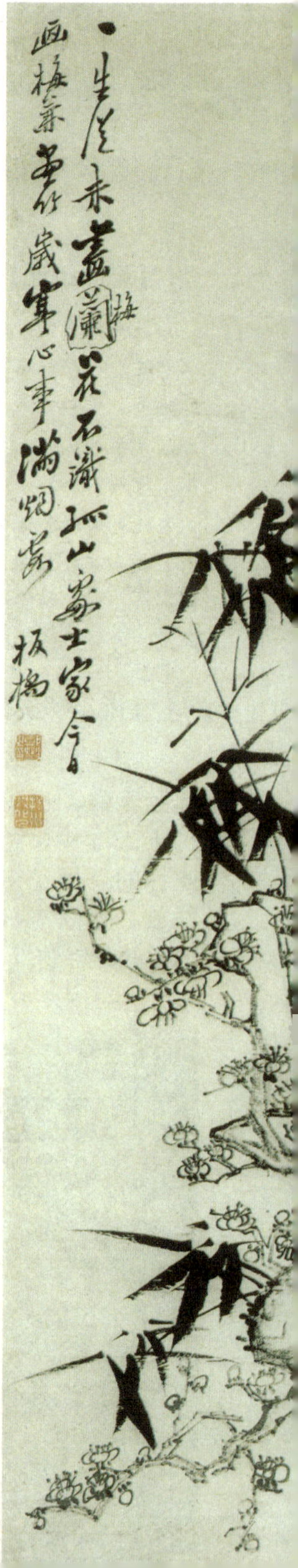

清·郑燮《梅竹图》

郑燮(1693～1765)，字克柔，号板桥，江苏兴化人。清代著名画家、书法家。应科举为康熙秀才，雍正十年举人，乾隆元年(1736)进士。官山东范县、潍县县令等。工诗词，善书画。画擅花卉木石，尤长兰竹。兰叶之妙以焦墨挥毫，借草书中之中竖，长撇运之，多不乱，少不疏，脱尽时习，秀劲绝伦。书亦有别致，隶、楷参半，自称"六分半书"。"扬州八怪"之一。图绘梅干蜿蜒斜出，如游龙惊蛇，纵逸多姿。梅花凌空盛开，冰妍隽秀，楚楚动人。梅花笔画凝重生拙，竹竿竹叶用笔疾速劲健。

吉祥寺古梅

[明]林古度[1]

一树古梅花数亩，城中客子乍来看[2]。
不知花气清相逼，但觉山深春尚寒。

【难点疏通】

①林古度(1580～1660)：字茂之，一字那子，福建福清人。寓居于江宁（今南京）。诗清绮婉丽。后与钟惺、谭元春游，诗格遂为一变。明亡，家产尽失，乃卜居于真珠桥南之陋巷窟门，十分贫困，夏天没有蚊帐，冬天睡在败絮中。 ②客子：旅居异地的人。

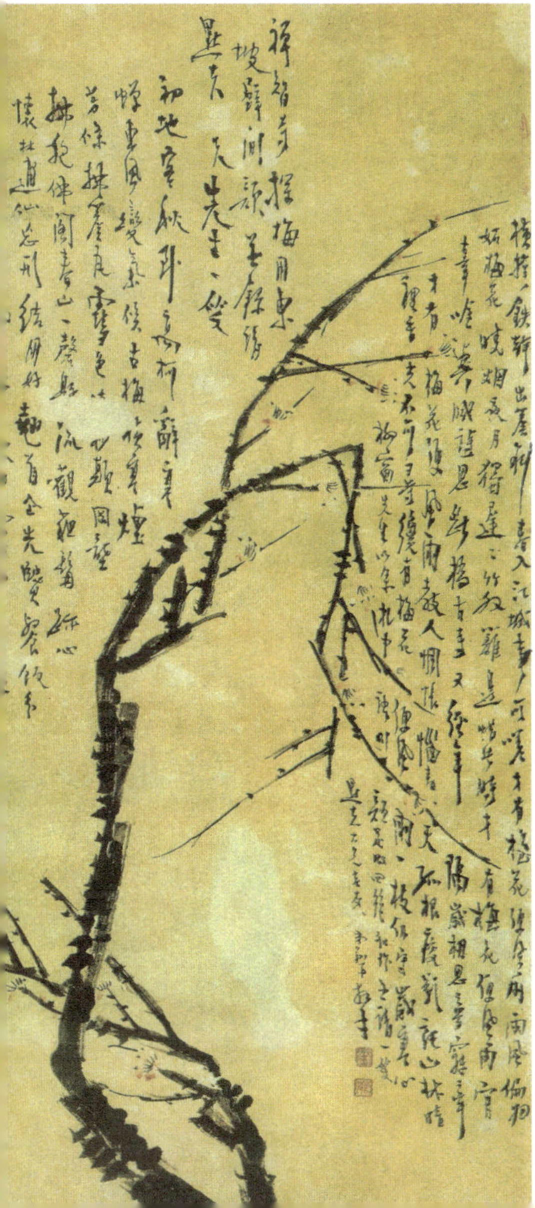

【诗义解说】

一树古老的梅树花开有方圆数亩，城中旅居的人都出来观看。不知道那是花的清气相侵袭，只觉得深山里春天还是很严寒。

清·高翔《梅花图》

高翔(1688～1753)，字凤岗，号西唐，又号樨堂，江苏扬州人。一生从未做过官。晚年由于右手残废，常以左手作画。与石涛、金农、汪士慎为友。除擅长画山水花卉外，也精于写真和刻印。所画的园林小景，大多从写生中来。“扬州八怪”之一。著有《西唐诗钞》。此图画与题字可平分秋色，奇妙的是枝干伸进文字中间，使字成为画的有机组成部分。用胭脂点染的梅花，在墨笔枝干上十分醒目。

梅花二首之二　[明]钱澄之[1]

离离压残雪[2]，脉脉照溪滨[3]。
一任夜无月，何妨天不春。
芳华凭俗赏[4]，风味与谁亲？
只觉闭门后，徘徊似有人。

【难点疏通】

①钱澄之(1612～1693)：初名秉镫，字饮光，一字幼光，晚号田间老人、西顽道人。安徽桐城人。明末爱国志士、文学家。自小随父读书，十一岁能写文章，崇祯时中秀才。南明桂王时，担任翰林院庶吉士。诗文尤负重名。　②离离：浓密的样子。　③脉脉：默默地用眼神或行动表达情意的样子。　④芳华：鲜艳的花朵，此指桃李之类。

【诗义解说】

浓密的花朵上还压着残雪，满怀深情地映在溪水之滨。任凭它一个晚上都没有月亮，何妨天地间还没有新春。世俗之人欣赏艳丽的花朵，梅花的意韵有谁肯来亲近。只觉得关上大门以后，梅树下好像有人来回走动。

清·余省《花鸟图》

余省(1692～1767)，字曾三，号鲁亭，江苏常熟人。曾受业于蒋廷锡。乾隆时与唐岱、周鲲同任职于内廷，善花鸟、虫鱼、翎毛，间亦参用西法，赋色妍丽，尤善画蝶，工兰竹水仙。图绘老梅十分苍劲，枝头有四只八哥飞鸣对唱，树旁衬以山石杂卉。整幅作品墨韵辉粲，笔力沉着，在色彩与明暗的处理上参用了西方的透视方法。

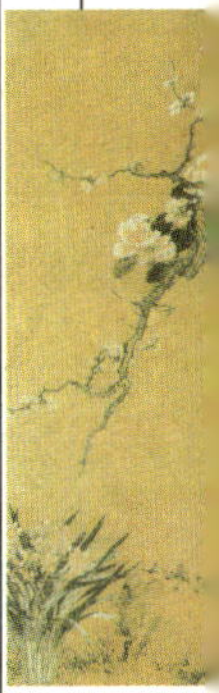

百嘉村见梅花 [清]龚鼎孳[1]

天涯疏影伴黄昏，玉笛高楼自掩门。
梦醒忽惊身是客，一船寒月到江村。

【难点疏通】

①龚鼎孳(1615～1673)：字孝升，号芝麓，祖籍江西临川，后迁安徽合肥，明末清初诗人，与吴伟业、钱谦益并称为“江左三大家”。崇祯七年(1634)进士，任职兵科。明亡后，可以用“闯来则降闯，满来则降满”形容。气节沦丧。死后百年，被清朝划为贰臣之列。

【诗义解说】

远在天涯只有梅的疏影陪伴黄昏，传出玉笛声音的高楼已经关上了大门。梦醒之后忽然发现自己客居他乡，寒月照在船上一路来到江村。

清·李方膺《梅花图》

李方膺(1695～1755)，清代画家。字虬仲，号晴江，别号秋池、抑园、白衣山人等，寓居金陵借园，自号借园主人。为“扬州八怪”之一。今江苏南通人。出身官宦之家，曾任乐安、兰山、潜山等县县令，代理滁州知州等职，因遭诬告被罢官，去官后以卖画为生。工诗文书画，擅梅、兰、竹、菊、松、鱼等，自成一格，其画笔法苍劲老厚，剪裁简洁，不拘形似，活泼生动。图绘梅树一株，亭亭玉立，笔法苍劲，风格瘦硬。以淡墨勾花朵，浓墨点蕊，构图疏秀，纵逸跌宕。

过程临沧山阁看梅四首之四 [清]吴嘉纪①

春风怀故里，溪水绕圆沙。
漏屋谁添草，寒梅又花发。
檐低枝上下，月出影横斜。
满目芳菲意，伤心不在家。

【难点疏通】

①吴嘉纪(1618～1684)：字宾贤，号野人，江苏泰州人。少逢明清易代，绝意功名，终身未仕。独好为诗，以诗会友，不事雕琢，不假典实，出语真朴，自成一家。有《陋轩集》。

【诗义解说】

春风吹来想起了自己的家乡，溪水正在沙滩旁流淌。屋子漏了有谁能添把草，寒冷中的梅花又开始开放。梅枝就在低矮房檐的上上下下，月亮出来影子参差摇荡。满目都是盛开的鲜花，伤心的是在这个时候没有在自己的家乡。

清·李方膺《墨梅图》

这组图册所绘梅花共十一开，都是用大写意法画梅，构图疏朗，姿态奇异。枝干多以粗笔写成，笔法狂放，有书法的味道。花朵勾染随意，笔简而意足。这是其中的一开。上有作者题诗一首：“寒梅岑寂锁春愁，本花从来莫与俦。唯有多情枝上雪，东风吹缀小银钩。”

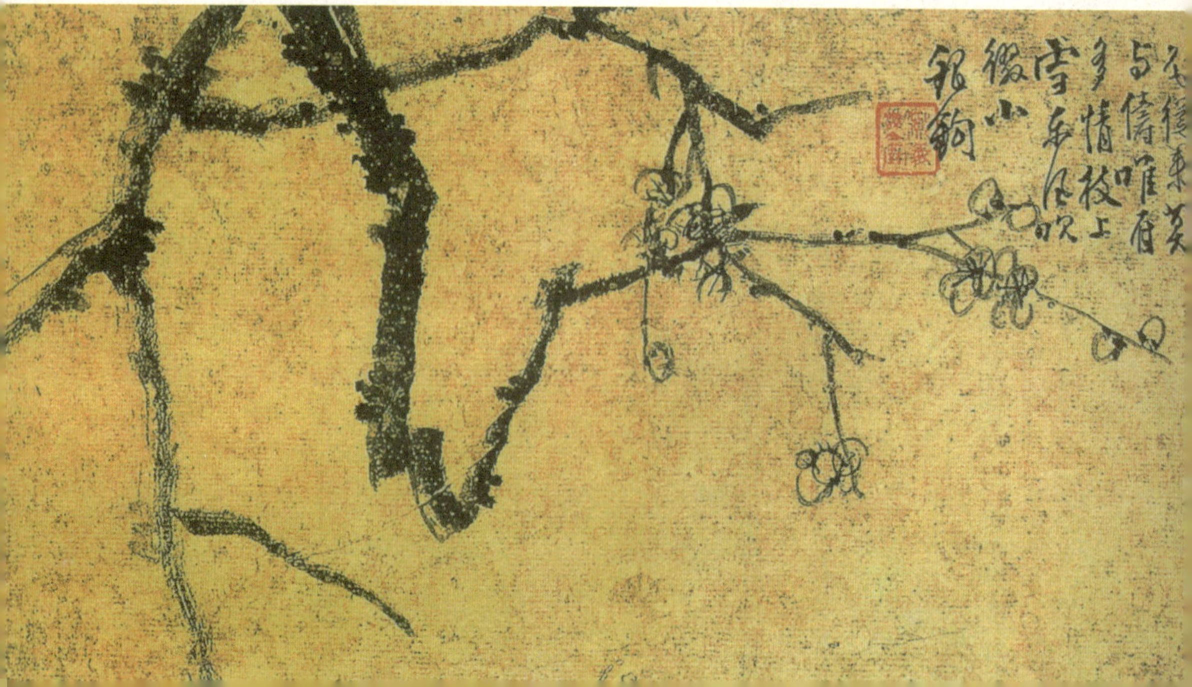

题画梅

[清]梅清[1]

寒云寒树护山家，岩壑无人一径斜[2]。
策杖行吟独惆怅[3]，几枝春色到梅花。

【难点疏通】

①梅清(1623～1697)：字渊公，号瞿山，安徽宣城人。顺治十一年(1654)举人，与石涛交往友善，相互切磋画艺。石涛早期的山水受到他的一定影响，而他晚年画黄山又受石涛的影响，所以石涛与梅清，皆有黄山派巨子的誉称。 ②岩壑：山峦溪谷。 ③策杖：拄着拐杖。

【诗义解说】

寒冷的天气寒冷的树木环绕着山村人家，深山里少有人到只有一条倾斜的小径。拄着拐杖边走边吟心情有些惆怅，有几枝梅花能够得到温暖的春风。

清·童钰《月下墨梅图》

童钰(1721～1782)，字璞严，又字二如，号二树，又号借庵子等。山阴（今浙江绍兴）人。善山水，以草隶法写兰、竹、木石，皆工。尤善写梅，生平所作不下万本，故有“万幅梅花万首诗”小印。画梅苍老古朴，墨气雄厚。工诗，亦以咏梅为胜。性落拓不为家计，嫁女无资，卖梅百幅以充奁具。兼工草隶，爱蓄古铜印章，精篆刻。此图悬空挂着一株老梅，枝干婆娑，繁花盛开。一轮明月隐于树后，清逸非常。

河渚观梅约顾女春山 [清]朱柔则①

相期河渚玩春华，一棹迎风路未赊。
楼外有梅三百树，美人不到不开花。

【难点疏通】

①朱柔则：女，活动于清康熙(1662～1722)年间。字顺成，号道珠，浙江钱塘(今浙江杭州）人。其夫沈用济，清初著名诗人。杭州御史钱肇修母顾玉蕊夫人擅长诗文，大江南北颇有名望，曾召集诸多才女创立“蕉园诗社”，朱柔则能诗工画，为“蕉园五子”之一。著有《嗣音轩诗抄》，传于世。

【诗义解说】

相约在河边观赏春天的景色，划着小船迎着春风路并不太远。楼外有梅树三百株，美人不到花就不会露出笑脸。

清·赵之琛《梅花山茶图》

赵之琛(1781～1852)，浙江钱塘人。字次闲，号献父、献甫、宝月山人，斋号补罗迦室。清代著名的篆刻家和书画家，精心嗜古，通金石之学。兼工隶法，善行楷。画花卉笔意潇洒，傅色清雅。间作草虫，随意点笔，各种体貌，无不逼肖。此图以焦笔勾出湖石，石后几枝腊梅脱颖而出，既填补了上方的空白，又衬托出了山茶的不同风姿。

梅

[清]查士标[1]

二月春风已满林，雨余山翠更深深[2]。
村居尽日无他事，只为梅花费苦吟。

【难点疏通】

①查士标(1655～1698)：清代画家、书法家和诗人。字二瞻，号梅壑散人、懒老等。新安（今安徽歙县）人。明末为诸生，不久即无心功名。工诗文、书画，所作画笔墨纵横、粗犷豪逸，或笔法荒率，墨色浓淡干湿互用，秀润高华，或笔墨生峭劲利，画风枯寂生僻。在当时颇负盛名，为“海阳四家”之一。

②雨余：雨停。

【诗义解说】

二月里春风吹来花已布满树林，雨停之后群山更加青翠。住在村里整天没有什么事情，只是为了吟咏梅花费尽了心思。

清·罗聘《玉照春晖图》

罗聘(1733～1799)，字遁夫，号两峰，江苏扬州人，祖籍安徽歙县。金农弟子，“扬州八怪”中最年轻者。工诗善画，笔情古逸，思致渊雅。墨梅、兰竹，古趣盎然。道释、人物、山水，无不臻妙。画面梅枝虬结奔放，枝上白梅万点，疏落重叠，粉香盈鼻。弯曲的梅干用焦墨点树苔，与花蕊互映，满树生辉。

梅花六首之三 [清]项奎[1]

冰池冻解浸斜月，恼煞蟾蜍啖花影。
香气依然不狼藉，春寒一夜东风静。

【难点疏通】

①项奎(1623～1702)：字天武，号子聚，又号东井，自称墙东居士、水墨处士等，秀水（今浙江嘉兴）人。庠生。工诗，山水好用秃笔，兼长兰竹，笔墨秀雅。

【诗义解说】

池塘里的冰已经融化月亮倒映在水里，生气的蟾蜍啃咬着花的倒影。香气仍然没有完全消失，春天夜晚寒冷东风也没有吹动。

清·罗聘《梅花图》

画面上一株高大的梅树，虬枝老干，穿插有致，富于变化。枝上繁花似锦，气势恢弘，春意盎然。梅干苍劲挺拔，圈点花瓣，花蕊刻画细腻，层次井然。用笔古拙，笔意超妙。

雨泛湖上观梅　[清]金侃[1]

细雨春波远浸天，梅花烂漫满溪湾。
烟中人语前村树，雪里鸡声隔岸山。
画桨每侵疏影瘦[2]，芳尊浑带冷香还。
绝胜雪夜寻安道[3]，归路渔灯照醉颜。

【难点疏通】

①金侃(？～1703)：字亦陶，号立庵，吴县（今江苏苏州）人。画梅竹，兼长青绿山水，工楷书，能诗。　②画桨：画有图案的船桨。　③雪夜寻安道：据南朝宋刘义庆《世说新语•任诞》：“王子猷居山阴，夜大雪，眠觉，开室，命酌酒，四望皎然。因起彷徨，咏左思《招隐诗》。忽忆戴安道，时戴在剡，即便夜乘小船就之。经宿方至，造门不前而返。人问其故，王曰：‘吾本乘兴而行，兴尽而返，何必见戴？’”

【诗义解说】

细雨中泛着春波远连着天，梅花开得烂漫布满了溪湾。烟云中有人说着前村的梅树，雪里的鸡鸣之声传自对岸的山间。画桨每每打破水中的倒影，酒杯里都带着寒冷的香气归还。完全胜过王子猷雪夜拜访戴安道，回来的路上渔家灯火照在我喝醉的脸面。

清•罗聘《二色梅花图》

红白两束梅枝凌空垂下，相互交叠，摇曳多姿，红白两色花朵交相辉映，画面满目春光。上有题记说：“杭都龚御史田居先生有辛贡粉梅长卷进，丁处士龙泓先生家有王冕红梅小立轴，皆元时高流妙手。余于乾隆壬午癸未间，游西湖时及见之。今予用二老法于一幅中，白白朱朱，但觉春光满眉睫，老子兴复不浅也。”

邓尉山[1] [清]爱新觉罗·玄烨[2]

邓尉知名久，看梅及早春。
岂因耽胜赏[3]，本是重时巡[4]。
野霭朝来散，山容雨后新。
缤纷开万树，相对惬佳辰。

【难点疏通】

①邓尉山：在苏州西南三十公里的光福县，相传东汉太尉邓尉隐居于此而得名。邓尉是我国四大赏梅胜地之一，有“邓尉梅花甲天下”之称，梅花开时漫山遍野，繁花似雪，非常漂亮，微风吹过，香闻数里。康熙下江南，曾六次来邓尉。 ②爱新觉罗·玄烨(1654～1722)：即康熙皇帝，为顺治皇帝第三子，执政长达六十一年，是中国历史上在位时间最长的皇帝。 ③耽：流连。胜赏：美好的景色。 ④重时巡：再一次来巡游。

【诗义解说】

邓尉山很久就出了名，要看这里的梅花应该赶在早春。哪里是因为流连这里的美好景色，本来是又一次南巡走进这座山中。旷野上的云雾早晨已经散去，山上的景色雨后变得更加清新。千树万树一片鲜花烂漫，在这美好的时间面对这美好的风景。

清·罗聘《山水花卉图册·嗅梅》

此图册共十开，这里选的是《嗅梅》一开。图绘一带篱笆，靠右侧有一柴门，院内有一草庐，草庐前一株红梅花刚刚盛开。一士人急步走到树前，贪婪地嗅着。环境清幽淡雅。尤其是士人脚跟还未站稳，身体就俯向梅花，急切之情表现得淋漓尽致。

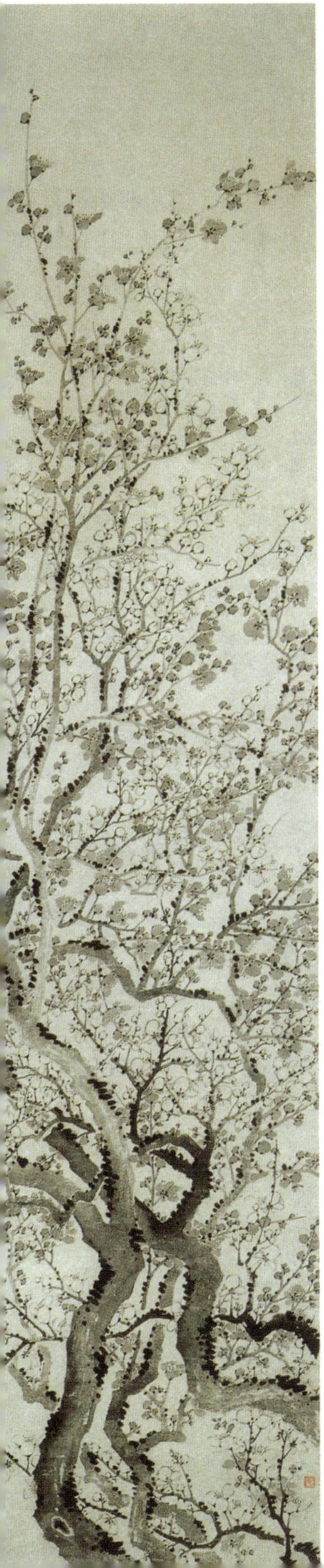

梅溪见落梅

[清]梅庚[1]

北城花坞得春迟，野雀衔残客未知。
闻说绿珠堪绝世[2]，我来偏见坠楼时。

【难点疏通】

①梅庚：安徽宣城人。画家梅清之弟。康熙二十年(1681)举人，官泰顺知县。善篆、隶，画山水、花卉，脱略凡格，不宗一家，偶尔落笔，韵致翩然。兼工白描人物。工诗，著有《吴市吟》《山阳笛漫兴集》《玉笥游草》等。 ②绿珠(? ~ 300)：为西晋石崇宠妾。石崇在朝依附贾谧，后贾谧被诛，石崇受牵连被免官。当时赵王司马伦专权，依附于赵王伦的孙秀暗慕绿珠，派人向石崇索取绿珠。石崇坚持不给，孙秀大怒，劝赵王伦诛石崇。赵王伦于是派兵前往诛杀石崇。绿珠亦坠楼而死。这里以绿珠坠楼指花落。

【诗义解说】

北城花坞里面春天来得晚，野雀在啄食剩下的花瓣而客人并不知悉。听说绿珠的美丽世上少有，可当我来时偏偏看见她正从楼上坠地。

清·罗聘《双色梅花图》

图绘红白二色梅花枝繁叶茂，树枝花朵充斥整个画面。梅干从下往上蟠曲出枝，梅枝上千花万蕊，如珠似锦。用笔俊秀，格调清新秀逸，古趣盎然。图上有作者吟诗一首："密蕊繁枝二色梅，墨池水影结胚胎。细看墨色分明甚，千万花鬓（zhěn）数不来。"

梅花 [清]蒋锡震[1]

竹屋围深雪，林间无路通。
暗香留不住，多事是春风。

【难点疏通】

①蒋锡震：字岂潜，号平川渔者，江苏宜兴人，康熙己丑进士。有著作《青溪诗偶存》《辍耕草》《北征集》《渡河集》等。

【诗义解说】

竹屋周围是深深的积雪，树林间没有道路可以相通。淡淡的香气存留不住，多事的就是那阵阵春风。

清·罗聘《玉暖珠香图》

两株挺拔的梅树苍劲古朴，枝条繁茂，鲜花盛开，枝干有横有斜，有侧有直，相互穿插；梅花有红有白，有盛开，有蓓蕾，交相辉映。枝如珊瑚，花如缀玉。一片香雪海，一股浓浓的春意，一派勃勃的生机。

墨梅二首之二　[清]马元驭[1]

冷屋萧疏霜后村，江头千树欲黄昏。
等闲又被春风觉，添得林梢月一痕。

【难点疏通】

①马元驭(1669～1722)：字扶羲，号栖霞，又号天虞山人，江苏常熟人。赋性落拓，纵酒逞笔，乃益豪放。写生得恽寿平亲传，又与蒋廷锡讨论笔法，故没骨画益工，神韵飞动，不拘陈迹。兴至之作，逸笔尤佳，多用水墨。

【诗义解说】

霜后萧条的村子里有个清冷的小屋，黄昏时分江边有千树万树。不知不觉又被春风知道，在树梢上又添了一弯新月。

清·李鱓《三清图》

李鱓(1686～1762)，清代著名画家，字宗扬，号复堂，别号懊道人、墨磨人等，“扬州八怪”之一，江苏省兴化县（今兴化市）人。工笔画造诣颇深，中年始画风变化，转入粗笔写意，大胆泼辣，挥洒自如，感情充沛，富有气势。其作品对晚清花鸟画有较大影响。此图所谓三清，指的是梅、石和水仙。水仙用白描手法，十分工整。石的处理则由近及远拉开空间距离，前景石用浓重，远处则用淡墨。梅的画法偏重姿态，老干开新花，繁而不乱，墨色淡雅。

梅花坞坐月 [清]翁照[1]

静坐月明中，孤吟破清寒。
隔溪老鹤来，踏碎梅花影。

【难点疏通】

①翁照(1677～1755)：初名玉行，字朗夫，一字霁堂，号子静，江苏江阴人。国子生。性醇谨，不作妄语，事上接下，必以诚以礼，公卿咸敬礼之。尤工章奏。

【诗义解说】

静坐在皎洁的月光之下，一个人高声吟咏打破了夜的寒冷。隔着小溪飞过来一只老鹤，踏碎了映在水中的梅花疏影。

清·李鱓《梅兰竹图》

图绘梅、兰、竹三君子，翠竹修长挺拔，竹叶纵横纷披。梅枝盘根错节，造型奇特，似龙舞九天。幽兰则清雅秀逸，姿态婀娜。墨的浓淡相辅相成，纵笔勾出梅的枝干，浓墨点苔，圆笔写花，极富情趣。兰用浓墨绘出，朝气蓬勃。构图大气磅礴，劲健有力。

疏影满衣图 [清]汪士慎[1]

小院栽梅一两行，画空疏影满衣裳。
冰华化雪月添白[2]，一日东风一日香。

【难点疏通】

①汪士慎：见第139页图说。 ②冰华：素白的水花。

【诗义解说】

小院里栽着一两行梅树，伸向空中的疏影香气沾满衣裳。雪化后清洁的水里添了一份月白，东风吹拂一日就添了一日的芳香。

清·李鱓《花卉图册·梅》

此册共十二开，此选为梅花一开。图用淡墨画梅花，只勾不染，枝头花梢略加点苔，表现出新发花蕾的旺盛的生命力。画上多留白，以表现冬季的空旷与寒冷。作者重视景物的截取与选择，更注重心性的自由发挥。

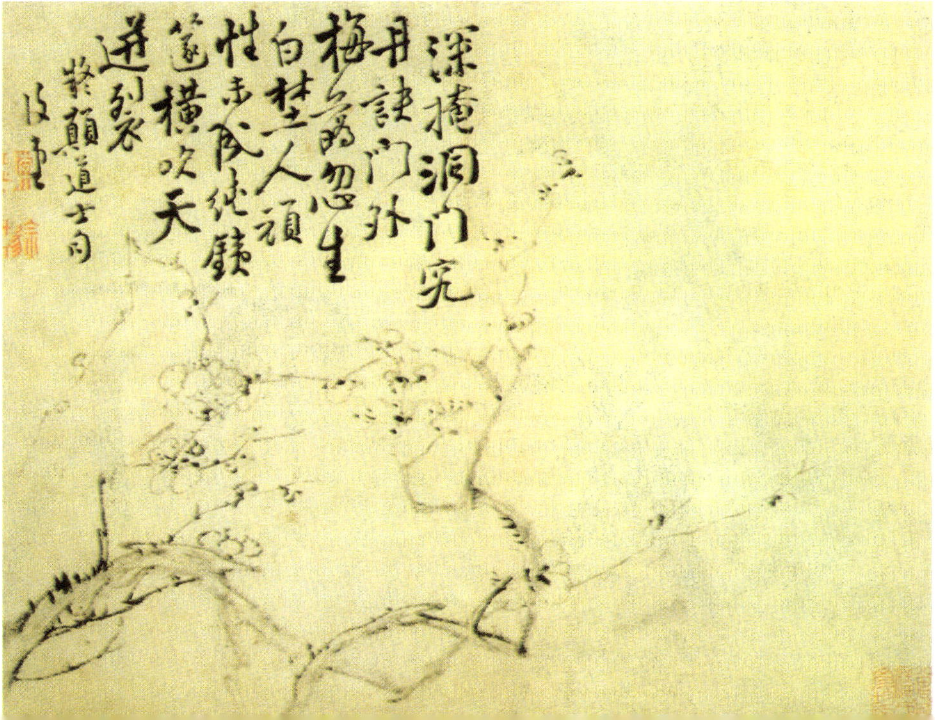

梅十一首之八 [清]金农①

老梅愈老愈精神，水店山楼若有人②。
清到十分寒满把，始知明月是前身。

【难点疏通】

①金农：见第145页图说。 ②若有人：指梅树就好像有了灵魂一样。

【诗义解说】

苍老的梅树越老就越精神，水边店旁山间楼阁就好像有了人。清到极点满把都是寒冷的气息，才知道明月就是我的前身。

清·李鱓《山水图册·梅竹》

此图册共八开，此选梅竹一开。此图用淡墨枯笔擦出树干，淡墨圆笔写花，浓墨点花蕊及花萼，墨色苍郁含蓄，淡雅清疏。竹叶用墨厚实凝重，落笔洒脱。上有作者题款云：“旧帖幅背画梅竹，双清古来尤物，须品题，不经赏识终沙泥。”

梅 [清]郑燮[1]

玉骨冰肌品最高，
冷淡清癯任挥毫[2]。
等闲着上胭脂水[3]，
却是红梅不是桃。

【难点疏通】

①郑燮：见第154页图说。　②癯(qú)：瘦。　③等闲：轻易，随便。胭脂：红色颜料。

【诗义解说】

玉一样的骨骼冰一样的肌肤品格最高，冷淡清瘦任凭用笔描画。再随意点上红的颜色，那就是红梅而不是桃花。

清·李鱓《梅花图》

图绘梅树古干粗壮，运墨凝重，老枝苍雄，用笔有力。淡墨直写梅干，干墨铺写，浓墨点树干的疤结及背阴处，增添了梅树的峭拔之意。纤细的嫩枝矗立生长，迎寒风而不屈，花怒放而艳丽。

梅花册四首之一

[清]李方膺[1]

挥毫落纸墨痕新，
几点梅花最可人。
愿借天风吹得远，
家家门巷尽成春。

【难点疏通】

①李方膺：见第157页图说。

【诗义解说】

画了一幅画墨痕还没有干，上面几枝梅花最让人欣赏。愿借着天风吹得很远，家家门前都充满春光。

清·李鱓《梅花小鸟图》

图绘梅树一株，从右侧向左侧欹斜而出，主干盘曲。梅花数朵，缀于枝头，疏密有致。淡墨勾花，浓墨点花萼，敷以淡粉。枝头落一小鸟，神态逼真，惟妙惟肖。梅枝下有秀石一块，连勾带皴，妙得自然之趣。

梅花二首之二

[清]陈撰[1]

梅花时节屡开尊，欲赠梅花欠可人。
安得有人梅样好，与他同赏雪中春。

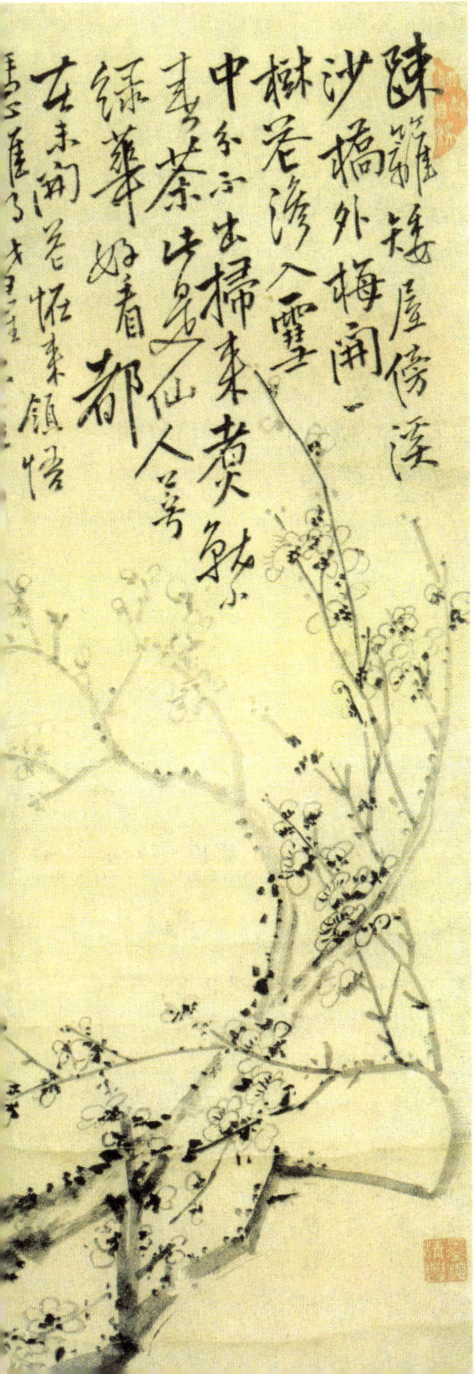

【难点疏通】

①陈撰(1678～1758)：清朝乾隆年间著名学者、画家、诗人、收藏家。字楞山，号玉几、玉几山人等。浙江鄞县（今宁波）人，曾寓居钱塘（今浙江杭州）。常游走于江淮间，并流寓扬州，遂归为“扬州八怪”画家群体之一员，也是“扬州八怪”中唯一不以卖书画为生的画家。

【诗义解说】

梅花开的时候不断痛饮美酒，想要赠送一枝梅花没有合适的人。怎么才能找到一位像梅花那样好的人，跟他一起欣赏这雪中的春景。

清·李鱓《梅花图》

此图以苍健的笔墨把古梅野逸的气韵表现得淋漓尽致。枝干用枯笔焦墨勾勒而出，用墨连枯带润，浓淡相宜。嫩枝一笔到顶，与淡墨老枝有所不同。花则三圈两点，均用浅墨淡笔，有冰清雪洁之意。作者有意创造一种不平之势，随后又通过枝条、花朵、苔点的穿插来破险，以求平衡。

题王翚所画梅花书屋 [清]刘大櫆[1]

寒梅绕屋影扶疏[2]，中有幽人坐读书。
不管层冰兼积雪[3]，早将春色到茅庐。

【难点疏通】

①刘大櫆(1698～1780)：字才甫，一字耕南，号海峰，安徽桐城县人。桐城派代表人物。性格豪放，纵声读古诗文，韵调铿锵。喜饮酒，好吟诗。二十多岁以布衣入京，雍正七年(1729)、雍正十年(1732)，两次参加考试都登副榜。乾隆六年(1741)，由方苞荐举应博学鸿词科，被人作手脚而落选。六十岁后为黟县教谕。几年后告归，居枞阳江滨不再出游，以文学教授生徒，默抑以终。 ②扶疏：枝叶高低疏密有致。 ③层冰：犹厚冰。

【诗义解说】

寒冷中疏密有致的梅树环绕着书屋，中间有一位隐士正在读书。尽管有厚厚的冰层与积雪，梅花却早把春天带到了这间茅草屋。

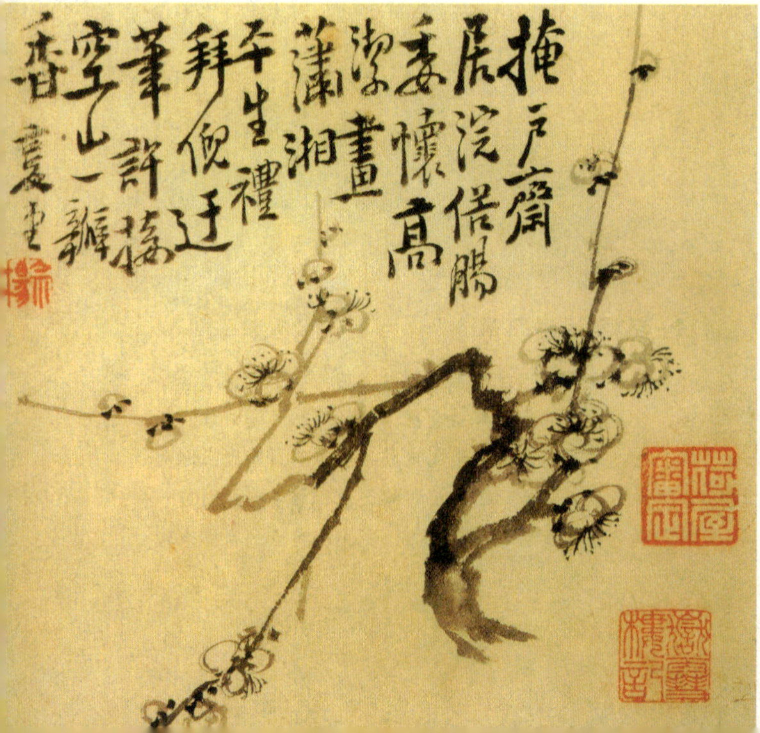

清·李鱓《花果图册·梅花》

此图册共十二开，此选梅花一开。图中的梅花笔墨苍莽，浑厚雅隽，逸气横生。以浓墨渴笔写出梅花枝干的虬曲姿态，枝干上的朵朵小花，极具清逸冷艳之致。线条粗细相间、刚柔相济、浓淡交融，极富节奏韵律。

梅花渡

[清]曹庭栋[1]

香雪消残烟草平，鹭行桥畔鹁鸪鸣[2]。
小轩易地听春雨[3]，寒瘦一枝墙角横。

【难点疏通】

①曹庭栋(1700～1785)：清代养生家。字楷人，号六圃，又号慈山居士，浙江嘉善魏塘镇人。天性恬淡，曾被举孝廉而坚辞不就。勤奋博学，于经史、词章、考据等皆有所钻研。尤精养生学，并身体力行，享寿过九旬。撰有《考考恒言》一书，为著名老年养生专著。　②鹁鸪：即斑鸠，羽毛黑褐色，天要下雨或刚晴的时候，常在树上咕咕地叫。③小轩：小屋。

【诗义解说】

梅花飘落笼罩着烟雾的草地一片平整，鹭鸶走在桥上鹁鸪鸣叫声声。换个地方来聆听春雨，寒冷中有一枝瘦瘦的梅花在墙角斜横。

清·李鱓《杂画册·梅花》

此册共五开，此选梅花一开。用折枝法以浓淡不同的墨色加焦墨写梅树枝干，秃枝疏花，姿态苍秀，寒香冷艳。斜出的主干，柔韧的细梢，都用干笔淡墨，不露锋芒。花朵用白描淡墨而绘，随意粗放，笔简神足。干取欹姿，花取疏朗，狂放纵逸之气尽显。

题梅花

[清]姜恭寿[1]

一枝璚蕊倚春风[2]，鹤去寒山梦已空。
记得夜深林下过，月玲珑又雪玲珑[3]。

【难点疏通】

①姜恭寿：生卒年不详，字静宰，号香岩，又号东阳外史，江苏如皋人。乾隆六年(1741)解元。工篆书，善绘事，画花草竹木，纵逸潇洒，脱去时习。间作山水，笔意秀挺，墨法简静，绝无点尘。　②璚：古同“琼”，赤色的玉。泛指美玉。　③玲珑：本指窗户明亮轩敞。此指姣好、美好。

【诗义解说】

一枝玉色梅花开在春风里，仙鹤已经飞走寒山一片空濛。记得那次夜晚从林下走过，感觉到月光玲珑雪也玲珑。

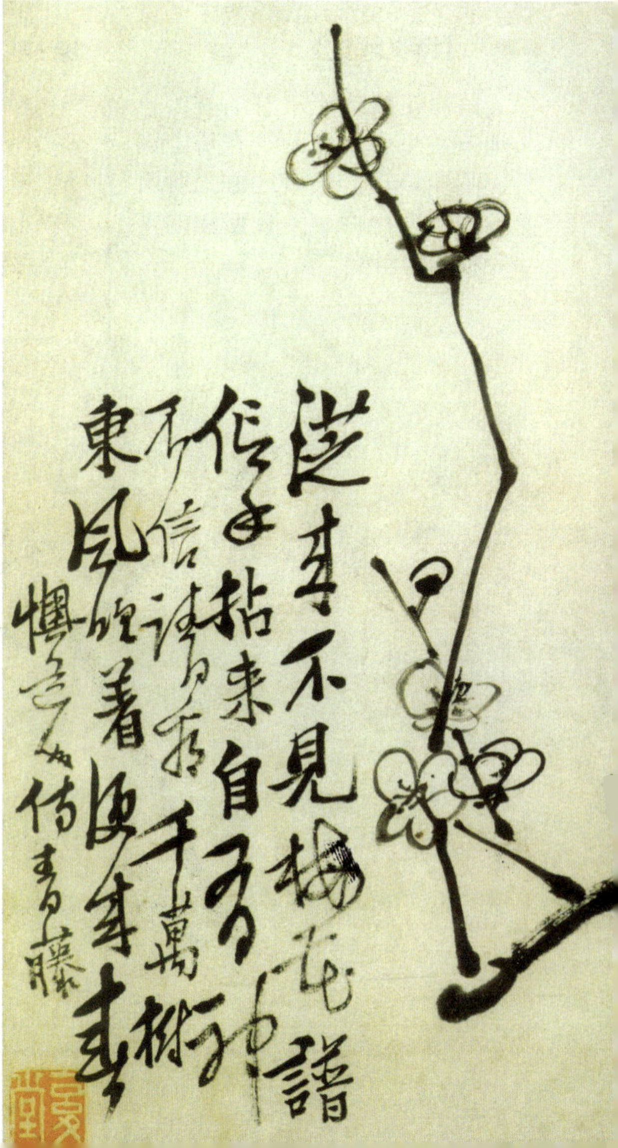

清·李鱓《杂画册·梅花》

此《杂画册》共十二开，此选梅花一开。图以焦墨枯笔绘一枝梅花，骨瘦花稀。枝干直冲而上，凌空屈曲。花朵错落有致，格调清新。上有作者题诗一首：“从来不见梅花谱，信手拈来自有神。不信请看千万树，东风吹着便来春。”

种 梅

[清]袁枚[1]

十丈春山带雪量，一枝短衬一枝长。
安排要得横斜致，闲与园丁话夕阳。

【难点疏通】

①袁枚(1716～1797)：清代诗人、散文家。字子才，号简斋，晚年自号仓山居士、随园主人、随园老人等。钱塘（今浙江杭州）人。乾嘉时期的代表诗人之一，与赵翼、蒋士铨合称“乾隆三大家”。

【诗义解说】

十丈长的春山带着雪进行丈量，一根短枝衬托着一枝长。安排要有横斜的韵致，夕阳下与园丁闲说着栽种之方。

清·黄慎《爱梅图》

黄慎(1687～1768)，清代画家。初名盛，字恭寿、恭懋、躬懋、菊壮，号瘿瓢子，别号东海布衣。福建宁化人。工草书。画人物多取神仙故事为题材，间作山水、花鸟，得荒率之致。图绘一书童捧着瓶梅，站在老者面前，老者神情专注望着梅花。人物表情、衣饰纹理，均恰到好处。

咏 梅

[清]吴香宜[1]

为爱春寒花放迟，游人偏采未开时。
依心恰爱天然好[2]，不忍临风折一枝。

【难点疏通】

①吴香宜：女，曾跟袁枚学诗。与另一位女诗人黄雅宜是好朋友。余皆不详。 ②侬：我。

【诗义解说】

因为喜爱春寒中晚开的梅花，游人偏偏要折未开的花朵。我的心却喜欢天然的样子，不忍心迎着风上去攀折。

清·黄慎《人物图》

图绘一老者手捧一个花瓶，瓶中插着一束梅花，眼睛几乎靠近梅花，神情十分投入。衣纹用笔粗率，但极为生动。瓶中梅花极尽虬曲之能事，转折伸向左前方。干用浓墨，枝头含苞待放。画面虽简练，但神完气足。

墨梅十首之四 [清]边寿民[1]

冰肌玉骨绝纤尘，天上何年谪太真[2]。
半落半开二分月，向南向北两边春。
钟残角断情无着，水碧山寒淡有神。
欲折一枝香满袖，不知持赠与何人。

【难点疏通】

①边寿民(1684～1752)：原名维祺，字寿民，后字颐公、渐生、苇间居士等，清代江苏山阳（今淮安）人。以善画芦雁，名闻海内。又善以淡墨干笔皴擦小品，更为佳妙。工诗词，精书法。和郑板桥、金农等人齐名。 ②太真：杨玉环的字。此指梅花像杨玉环一样美。

【诗义解说】

冰一样的肌肤玉一样的骨骼与尘世绝缘，是哪一年天上把太真谪下凡尘。一半落一半开分成上半月和下半月，向南的树枝向北的树枝是两种春景。钟声停止角声停止情感没有着落，河水清清山山寒冷而有神。想要折下一枝香气充满衣袖，不知道拿来赠给什么人。

清·黄慎《梅花图》

图上梅花分成两个单元，一为粗枝老干，像蛇一样弯弯曲曲，匍匐在地。一为一束梅花被捆扎在一起，斜向立起，长短斜直不一，上有红梅数朵。树干树枝均用干笔皴擦，时见飞白，苍老干练。画面虽然简单，但意韵非凡。

画梅题记 [清]朱方霭[1]

画梅须高人，非人梅则俗。
会稽煮石农[2]，妙笔绘寒玉。

【难点疏通】

①朱方霭(1721～1786)：浙江桐乡人，字吉人，号春桥。博学能诗文，善画山水。 ②煮石农：元代画家王冕的号。

【诗义解说】

画梅需要人品高尚的人，人品不高尚画的梅也庸俗。会稽那位名叫煮石农的人，妙笔画出的梅花高洁如玉。

清·黄慎《雪景山水人物图》

图绘水边一株梅树，苍劲古朴，枝干如铁，迎寒而立。树下一鹤正在觅食，一老者拄杖，踏雪寻梅而来，这大概就是那位以梅为妻、以鹤为子的林和靖吧。后面高山耸立，墨染空间，以显示道路、山坡上覆盖着的皑皑白雪。意境清旷，于严寒中表现出了一种不屈的生机。

梅九首之九 [清]朱方霭

花前酌酒醉初醒，
磨墨抽毫一乘兴。
写幅梅花不卖钱，
爱花人至聊相赠。

【难点疏通】

①酌酒：斟酒。 ②抽毫：拿出笔来。 ③写幅梅花：画幅梅花。

【诗义解说】

在花前饮酒刚刚醒来，乘着酒兴磨墨挥毫画一幅梅花。梅花画成不是为了卖钱，有爱花人到来就拿它相送。

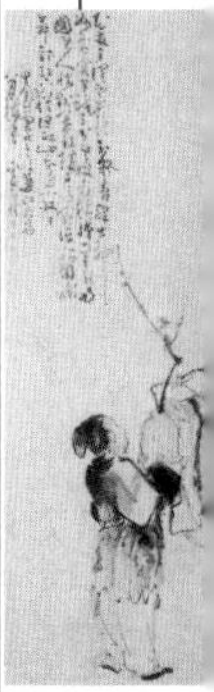

清·黄慎《瓶梅图》

这是一幅再简单不过的图了，用淡墨勾出瓶的轮廓，上边插着一枝梅花。树干用焦墨染出，蟠曲转折，时见飞白，用细笔勾出花瓣。虽然构图简单，但却表现出了一种不与世俗同流合

梅花山茶合景　[清]王文治[1]

满眼冰霜冻未融，谁将消息漏东风。
玉英万点明如月[2]，衬出山茶一朵红。

【难点疏通】

①王文治(1730～1802)：清代书法家。字禹卿，号梦楼，江苏丹徒（今江苏镇江）人。乾隆年间进士。官翰林院侍读、云南临安知府，罢归。十二岁便吟诗作书，诗有唐人风范，书学米芾、董其昌，后法二王，得力于李邕。　②玉英：玉色花朵。

【诗义解说】

放眼望去冰雪还没有融化，是谁把开花的消息泄露给了东风。万点玉色花朵像月一样明亮，衬托出茶花那一朵鲜红。

清·黄慎《杂画册·梅花小鸟》

此杂画册共十二开，这里选的是梅花小鸟一开。这也是一幅构图十分简单的作品，两枝梅花的枝头从图的右上角伸下，一枝上开出两朵小花，一枝上落着一只小鸟，仅此而已。余下的全是空白。作者正是通过这样的表现方式，来表现冬天的荒凉与严寒。

梅 花

[清]汪中①

孤馆寒梅发②，春风款款来③。
故园花落尽，江上一枝开。

【难点疏通】

①汪中(1744～1794)：清代哲学家、文学家、史学家。字容甫，江都（今属江苏扬州）人。乾隆四十二年(1777)贡生，后绝意仕进。出身孤苦，七岁丧父，家贫，无力求学，由寡母邹氏启蒙。十四岁入书店当学徒，才有博览经史百家书籍的机会，故扬州民间云“无书不读是汪中”。在哲学、史学、文学方面都有一定的成就。所作骈文，在清代骈文中被誉为格调最高。 ②孤馆：孤寂的客舍。 ③款款：慢慢地。

【诗义解说】

孤寂的客舍寒梅正开，温暖的春风正慢慢地吹来。故乡的梅花都已经落尽，这里的江边上才有一枝初开。

清·黄慎《和靖爱梅图》

图绘石台上放着一盆梅花盆景，坐在左侧的那位就是林和靖，须髯飘飘，一副仙风道骨。他两眼凝视着梅枝，把爱梅之情表现得淋漓尽致。对面的仆人以奇异的目光看着林和靖，似乎有些不解，这根树枝有什么好看的？人物表情十分传神。

扫梅

[清]何玉瑛①

梅花片片白无瑕，吹落阶前雪点斜。
未忍和苔黏履迹，月明携帚扫瑶华。

【难点疏通】

①何玉瑛(1757～1810)：女，字梅邻。闽县（今属福建）人。生于书香之家，性聪慧，习史，论史多有创解。善为诗、弈、画、音乐，尽皆精妙，吹洞箫尤佳。其诗“清婉不俗，咏史诸杂特识，寄托清远”。著有《疏影轩诗集》二卷。

【诗义解说】

片片梅花洁白无瑕，吹落在台阶前的积雪上面。不忍心和着青苔粘在鞋上，月光下拿着扫帚清扫满地的花瓣。

清·黄慎《墨梅图》

图上的画面，给人一种挂在天上的感觉。几枝梅花树干都在图的上方，其中一枝用浓墨染出的树干十分醒目，两侧则都用极淡的墨色画出，枝上的梅花寥寥无几，有盛开，也有蓓蕾。虽然境界荒凉冷漠，但仍有萌动的生机。

写梅未了畹卿适至代余补花缀萏成四帧四首之四

[清]孙原湘[1]

蟠天际地万枝斜[2]，枝隙还留补月华。
一片空明香欲动，不知是月是梅花。

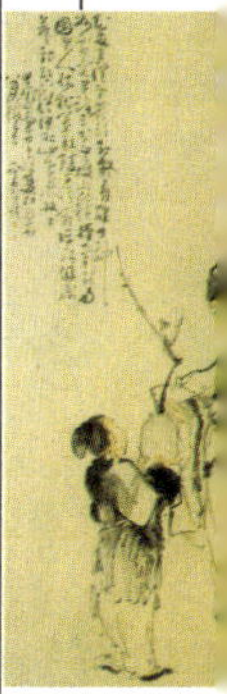

【难点疏通】

①孙原湘(1760 ～1829)：清代诗人。字子潇，一字长真，晚号心青，自署射姑仙人侍者。昭文（今江苏常熟）人。青年时代已名噪京都。嘉庆十年(1805)榜眼，为翰林院庶吉士、武英殿协修官。告假归，得怔忡疾，遂不出，在各书院教书。善书法，精画梅兰水仙。
②蟠天际地：铺天盖地。

【诗义解说】

上万枝盛开的梅花铺天盖地，在树枝间留出空隙等画上月亮。一片空旷明亮暗香欲动，不知是梅花还是月光。

清·黄慎《折梅图》

画上的老者似乎刚从郊外归来，折得一枝心爱的梅枝，正低头仔细观看。老者看上去年龄不小，但两只眼睛却十分有神。衣服的纹理用浓淡不同的墨色擦染，率意而潇洒。梅枝用浓墨，细笔圈花瓣。整幅画面达到了出神入化的地步。

梅八首之一

[清]孙原湘

爱密嫌疏取次添[1]，眼前春意十分妍[2]。
此生愿化罗浮蝶，一朵花中住一年。

【难点疏通】

①取次：随便，任意。 ②妍：美丽，漂亮。

【诗义解说】

喜欢浓密不喜欢疏落可以随便往上添，眼前的春意已经十分好看。我这一生愿变成罗浮山上的蝴蝶，在每一朵花里面住上一年。

清·黄慎《踏雪寻梅图》

河边壁立的山崖、坡地路上都落满了白雪，河上架着一座小桥，一老者正骑驴走在桥上，仆人扛着拐杖在后紧跟。整个画面给人的感觉就是一个字——冷。但画面上并没有看到梅的影子，说明他们还要走很远的路，但他们没有丝毫退缩的意思。为衬托雪的白色，河流、天空都用重色，树干周围留白以表示上面落着雪。

落 梅 [清]张问陶[1]

一株老干撑天去，
几点寒香着地迟。
且与低头弄花片，
不须回眼看空枝。

【难点疏通】

①张问陶(1764～1814)：字仲治，号船山，四川遂宁人。乾隆进士，授检讨，官莱州知府。论诗主张抒写性情，反对模拟，诗作为袁枚所赞扬。作品多表现日常生活，情调流于感伤。并能书画。著有《船山诗草》。

【诗义解说】

一株老树遮天蔽日，几点寒冷的香气落地很迟。暂且低头观赏落地的花瓣，不要回头去看无花的空枝。

清·王礼《琵琶仕女图》

王礼(1813～1879)，字秋言，号秋道人，别署白蕉研主，一号蜗寄生。江苏吴江（今苏州）人，寓上海甚久。幼嗜笔墨，从沈石芹学写花鸟，劲秀洒落，笔如刻铁，有隽逸之气，令人意爽。人物宗法陈洪绶。此图设色巧丽，用笔细谨。画梅圃边小轩，朱栏前一红装仕女怀抱琵琶，对窗而坐。窗前湖石玲珑，梅枝簇簇，一高大松树耸入云天，有云雾将其隔断，创造了一种朦胧的意境。

题寒梅图 [近代]罗泽南[1]

冉冉寒香渡水涯[2]，溪南溪北影横斜。
含情最耐风霜苦，不作人间第二花。

【难点疏通】

①罗泽南(1807～1856)：字仲岳，号罗山，湖南湘乡人。咸丰元年(1851)由附生举孝廉方正。笃志正学，好性理书。太平军起，犯湖南，率乡勇与战，所向皆捷。积功由训导至布政使。后援武汉，亲出搏战，中弹卒。谥忠节。工诗古文。　②冉冉：渐渐地，慢慢地。

【诗义解说】

寒冷的香气渐渐地从水那边飘了过来，溪南溪北都有梅枝横在水上。含有一种最耐风霜的心情，决不做人间第二名开的花朵。

清·任熊《十万图册·万横香雪》

任熊(1823～1857)，字渭长，号湘浦，浙江萧山人。流寓苏州、上海等地。精于人物、山水、花鸟。为海派早期代表人物之一。此册共十开，因每开标题中都以“万”字开头，故称《十万图册》。所选《万横香雪》，画的是梅花。中间一条小河，把画面分成近景和远景两部分。在起伏的山峦上，生长着茂密的梅树，梅花正在盛开，一片洁白，是名副其实的香雪海。一座小桥，把两岸连接起来。此图气势恢弘，境界开阔。

和梅花诗八首用张检讨韵之六 [近代]魏秀仁[1]

大江南北记游踪，秦树燕山路几重。
茅舍多情容独醉，瑶台有约又相逢[2]。
频年飘泊愁戎马[3]，三径荒凉忆菊松[4]。
回首绮窗春信好，顿令归兴一时浓。

【难点疏通】

①魏秀仁(1819～1874)：字子安，又字子敦，侯官县(今福州市)人。道光二十六年(1846)举人。屡赴礼部试皆不第，遂绝意进取，游山西、陕西、四川等地，作官府幕僚。后主讲于各家书院。同治元年(1862)兵连祸结，其父与弟都死于兵祸。他倾家荡产，靠一条小船回到福州故里，闭门著述。主要著作有小说《花月痕》，另有《石经考》《咄咄录》等。 ②瑶台：神话传说中西王母居住的地方。 ③戎马：指战争。 ④“三径”句：出自晋陶渊明《归去来辞》：“三径就荒，松菊犹存。”三径，晋赵岐《三辅决录·逃名》：“蒋诩归乡里，荆棘塞门，舍中有三径，不出，唯求仲、羊仲从之游。”后以“三径”指归隐或归乡。

【诗义解说】

大江南北留下了我的足迹，秦地的树燕地的山有几多路程。茅舍旁多情的梅花让我独自喝醉，瑶台有约又再一次相逢。多年漂泊战乱不断让人发愁，家乡已经荒凉还记得那里的菊和松。回头看看窗前春天按时到来，顿时让我产生浓浓的思乡之情。

清·任伯年《斗梅图》

任伯年(1840～1896)，名颐，字伯年，号小楼，浙江山阴人，后到上海，三十年中以卖画为生。擅长人物、花鸟画，是晚清海上画派的主要代表。斗梅，类似于古代的斗草活动。图上共有四人，前面的两个人正在斗梅，各出一枝梅花，看谁的花艳而多。旁边站着一位形象比较丰满的人，目视前方，并未看斗梅，似乎在等着与胜者斗。因为他身后仆人所捧梅花，枝大花多，有取胜的把握，因而表现得十分自信。人物表情各异，生动形象。人物衣纹用笔有力。

和内子梅花诗[1]

[近代]俞樾[2]

庭院无尘夜有霜，风来不是等闲香。
寒宵同作罗浮梦，绝胜东坡在雪堂[3]。

【难点疏通】

①内子：妻子。　②俞樾(1821～1907)：字荫甫，号曲园，浙江德清人，晚清著名文学家、教育家、书法家，国学大师。俞平伯曾祖。一生孜孜不倦致力于教育，辛勤笔耕，著有五百卷学术巨著《春在堂全集》。　③雪堂：宋苏轼在黄州东坡筑雪堂。故址在今湖北省黄州市东。其《雪堂记》说：“苏子得废圃于东坡之胁，筑而垣之，作堂焉，号其正曰‘雪堂’。堂以大雪中为之，因绘雪于四壁之间，无容隙也。起居偃仰，环顾睥睨，无非雪者。”

【诗义解说】

庭院里没有尘埃夜晚下起了霜，风中吹来不同寻常的芳香。寒冷的夜晚共同做着罗浮之梦，远远超过了苏东坡生活在雪堂。

清·任伯年《梅竹双清图》

图绘一古拙的花盆，盆中生长着两株梅花，一直立一倾斜，花瓣点以绿色，极富朝气。前有两竿翠竹，用顿笔画出竹节，然后再一气呵成，浓墨撇出竹叶。竹浓梅淡，相映成趣。

画梅诗

[近代]赵之谦[1]

老干槎枒酒气魄[2]，疏花圆满鹤精神。
空山安用和羹手[3]，独立苍茫揽古春。

【难点疏通】

①赵之谦(1829～1884)：会稽（今浙江绍兴）人。初字益甫，号冷君；后改字㧑叔，号铁三、憨寮、梅庵等。官至江西鄱阳、奉新知县。工诗文，擅书法和绘画，为清末写意花卉的开山之祖。一生在诗、书、画、印上进行不懈的努力，终于成为一代大师。 ②槎枒：指枝干错落不齐。酒气魄：人喝酒后脸红，这里指盛开的红梅。 ③和羹手：《尚书·说命下》："若作和羹，尔惟盐梅。"后用以比喻大臣辅助君主总理国政。

【诗义解说】

参差不齐的老树开出了红色的花朵，花开得十分饱满鹤也有精神。隐居深山哪里用得着治国之才，独立在苍茫大地上遍览从古到今的春景。

清·虚谷《梅鹤图》

虚谷(1823～1896)，清代画家。俗姓朱，名怀仁。籍本新安（今安徽歙县），家于广陵（今江苏扬州）。初任清军参将与太平军作战，意有感触，后出家，名虚白，字虚谷，号倦鹤、紫阳山民等。以字行，室名觉非庵、古柏草堂、三十七峰草堂等。不茹素，不礼佛，唯以书画自娱，山水、花卉、蔬果、禽鱼，落笔冷隽，蹊径别开。书法亦奇古绝俗。图绘两只丹顶鹤立于梅树上，枝干繁密参差，梅花盛开。二鹤低头注视同一个方向，用笔简练。树干、梅花、山石均用淡墨，只有丹顶鹤头上的两点红，提色不少。

梅花

[近代]黄遵宪[①]

三千年上旧花枝，颇怪风人不入诗[②]。
我向秦时明月问，古时花可似今时？

【难点疏通】

①黄遵宪(1848～1905)：字公度，别号人境庐主人，广东省梅州人，晚清诗人，外交家、政治家、教育家。一生可分为四个阶段：即读书应试阶段(1863～1876)；出使阶段(1877～1894)；参加变法阶段(1895～1898)；乡居阶段(1899～1905)。 ②风人：指古代的采诗官。周朝时设，巡游各地，采集民间歌谣，以体察民俗风情和政治得失。

【诗义解说】

这是三千年前的旧花枝，十分奇怪的是采诗官没有采到诗中。我要问问秦朝时候的明月，古时候的花可与今天的相同？

清·赵之谦《花卉图册·梅竹》

此册共十二开，此为其中之一。图上所绘一段梅树干，有如枯骨，上有新发的几条嫩枝，枝上有花四朵，两朵盛开，两朵含苞欲放。又有几枝竹梢，从右侧伸入画面。梅干用墨描绘，浓墨勾边，用汁绿点叶芽。竹用橘黄，色彩鲜艳。全图赏心悦目，又不失刚劲之气。

梅痴子乞陈师曾为白梅写影属赞三首之三

[近代]敬安①

寒雪一以霁，浮尘了不生。
偶从溪上过，忽见竹边明。
花冷方能洁，香多不损清。
谁看宣净理②，应感道人情。

【难点疏通】

①敬安(1852～1913)：俗名黄读山，字福馀，清湘潭县（今属湖南）人。七岁丧母，十一岁始入私塾读《论语》，十八岁因看到桃花被风雨摧败，触景生情，失声大哭，遂投湘阴法华寺东林长老出家，师父赐名敬安，字寄禅。光绪元年(1875)夏，东游吴越，于四明山阿育王寺佛舍利塔前烧残二指，并割臂肉燃灯供佛，被称为“八指头陀”。与文人雅士游，著有《嚼梅吟》诗集。 ②净理：佛教的清净之理。

【诗义解说】

一阵寒雪停了以后，浮尘就一点儿也不再产生。偶然从小溪上走过，忽然看见竹边梅花开得鲜明。花只有冷的时候开才够清洁，香气浓重也不会损害清净。谁能看看佛教所讲的清净之理，就能体会到出家人的心情。

清·赵之谦《腊梅山茶图》

图上梅树极尽虬曲之能事，几经弯曲，从右下一直延伸到左侧，最终破出画面。梅树背后是枝叶茂盛的山茶，橘黄色花朵极为艳丽。中底部用浓墨绘出几块湖石。整个画面色彩鲜艳，繁而不乱，用色用墨粗犷豪放。

觚庵园梅盛开夕风起未及往视

[近代]陈三立①

邻园烂漫一株梅，
准拟衔杯绕百回。
今夕风狂天欲雪，
只愁移向梦中开。

【难点疏通】

①陈三立(1859～1937)：字伯严，号散原，江西义宁（今修水）人。1886年进士，任散馆编修、吏部主事。为近代诗文名家，同光体赣派代表人物，誉为中国最后一位传统诗人。1902年任三江师范学堂（南京大学前身）总稽查，1904年底与缪荃孙、方履中一同奉端方之命整顿三江课程，并就任三江总稽查。与谭嗣同、丁惠康、吴保初合称“维新四公子”，但戊戌变法后，甚少插手政治，自谓“神州袖手人”。

【诗义解说】

邻家一株梅树花开得十分烂漫，准备带着酒杯绕它一百圈。遗憾的是今天晚上狂风大作天要下雪，满怀忧愁只好把花开在梦里边。

清·赵之谦《花卉图屏·梅花山茶》

此条屏共四幅，这里所选为梅花山茶一幅。画面中部取势，一梅干横在中央，另有一枝向上延展，下部两枝纤细的枝干向上伸至横干。一枝山茶从左侧斜伸，枝头因花大而垂下。梅花有粉有绿，山茶叶绿而花红，极具观赏效果。

早梅叠韵

[近代]宁调元[1]

姹紫嫣红耻效颦[2]，独从末路见精神[3]。
溪山深处苍崖下，数点开来不借春。

【难点疏通】

①宁调元(1884～1913)：字仙霞，号太一，湖南醴陵人。早年在长沙明德学堂学习，倾向革命。1905年留学日本，加入同盟会。回国后在湖南从事革命活动，主编《洞庭波》等革命刊物。1906年冬，因参加萍浏醴起义，被囚三年。辛亥革命后，任广东三佛铁路总办，反对袁世凯称帝。1913年在武昌被捕入狱，9月25日就义于武昌，时年三十一岁。他的诗大部分是在狱中所作，多慷慨悲愤之辞。著有《太一遗书》。②效颦：成语“东施效颦”的略写。《庄子•天运》讲，美女西施因病而皱着眉头，邻居丑女见了觉得很美，就学西施也皱起眉头，结果显得更丑。后人称这个丑女为东施。用“东施效颦”比喻盲目模仿别人，结果适得其反。 ③末路：指岁末。

【诗义解说】

花开得鲜艳不肯跟在百花的后面，独自开在岁末时节才表现出精神。在溪山的深处苍崖之下，开出几枝花来并不凭借春风。

清•胡锡珪《仕女图屏•月夜赏梅》

胡锡珪(1839～1883)，初名文，字三桥，号盘溪外史、红茵馆主等，室名盘溪小筑。江苏苏州人。幼习丹青，夙根早慧，涉笔便有韵致。书法亦佳。此组图屏共四幅，分别绘依窗乡读、桐窗闺思、芭蕉仕女、月夜赏梅。此选为后一幅。图上右侧一角山石，上有梅树数株，下站一红衣仕女，头戴斗笠，手持一梅枝，若有所思。一轮明月半掩于云中。白雪红衣，颜色处理别具一格。

梅十章之九 [近代]秋瑾[1]

一度相逢一度思，最多情处最情痴。
孤山林下三千树[2]，耐得寒霜是此枝。

【难点疏通】

①秋瑾(1875～1907)：女，字璿卿，号竞雄，自称鉴湖女侠，山阴（今浙江绍兴）人，民主主义革命著名活动家，妇女解放运动先驱。光绪三十年(1904)夏东渡日本留学。先后加入光复会、同盟会。光绪三十三年(1907)被捕，就义于绍兴轩亭口，时年三十三岁。所作诗词豪放悲壮，后人辑为《秋瑾集》。 ②孤山：指杭州西湖孤山。

【诗义解说】

每次相逢都会产生一次思念，最多情的地方也就最痴迷。孤山上长着三千株树木，耐得严寒的只有梅花枝。

清·胡锡珪《仕女图册·仕女折梅》

此图册共十二开，均以闲居仕女为题材，她们或蕉林小憩，或倚树惜春，或临流读书，或游园探花。此所选为其中的第四幅仕女折梅。右侧一株老梅，粗壮苍老，小溪边有一隆起的卧石，石边几株纤弱的竹枝若倒伏状。梅树下站着一清秀仕女，正手攀枝条折梅。设色淡雅清秀，极富生活情趣。

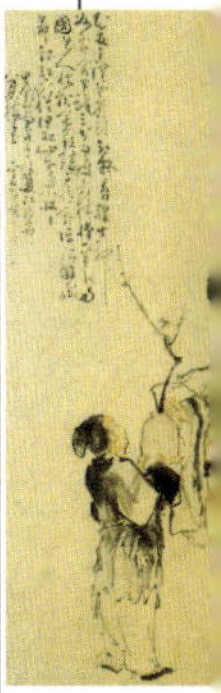

梅十章之十

[近代]秋瑾

冰姿不怕雪霜侵，羞傍琼楼傍古岑[1]。
标格原因独立好[2]，肯教富贵负初心[3]？

【难点疏通】

①琼楼：本指仙人居住的地方，这里指富贵人家居住的豪宅。古岑：高山。　②标格：风范，品格。原因：原由于。　③肯：怎肯。

【诗义解说】

梅花具有耐寒的本性不怕霜雪侵袭，羞于依傍富家豪宅而愿生长在野岭。品格原本就由于独立而变得美好，怎肯因为富贵就改变自己的初心。

清·吴昌硕《红梅图》

吴昌硕(1844～1927)，原名俊，字昌硕，后以字行，号俊卿、缶庐等，浙江安吉人。工诗文、金石、书画，均有很高成就。以金石书法笔意所作大写意花卉，笔力老辣雄健，色彩浓艳，开创了重彩写意画的一代新风。图的远处耸立着两座山峰，如南天一柱，山前红梅盛开。梅干用笔粗犷豪放，墨浓而重，花朵颜色妖娆。

梅花绝句二十二首之五

[近代]彭玉麟[1]

仙风吹种下重宵[2]，生就梅花品格高。
满地红尘飞不到，冰魂一缕待春消[3]。

【难点疏通】

①彭玉麟(1816～1890)：字雪琴，生于安徽安庆。清朝著名政治家、军事家。清末水师统帅，湘军首领，人称雪帅。与曾国藩、左宗棠并称“大清三杰”，与曾国藩、左宗棠、胡林翼并称“大清中兴四大名臣”，湘军水师创建者，中国近代海军奠基人。官至两江总督兼南洋通商大臣，兵部尚书。　②重宵：高高的天空。③冰魂：指梅花。

【诗义解说】

仙风把梅花的种子从天宫吹了下来，梅花的品格天生就很高超。满地的红尘飞不到梅花这里，一缕冰魂等待着春风融消。

清·吴昌硕《梅花图》

图绘几株梅树直立生长，又不断有横枝穿插进来，也有从上垂下者，千姿百态，变化无穷。红梅鲜艳，布满枝头。构图奇特，枝干的处理初看似不合理，然细品之后，却觉其杂而不乱，十分贴切地表现了梅花的风姿。以书法入画，笔墨苍劲老道，透出金石趣味。

普和看梅

[近代]何栻[1]

酒沽林外野人家，霁日当檐独树斜。
小几呼朋三面坐，留将一面与梅花。

【难点疏通】

①何栻(1816～1872)：字廉昉，号悔余，江苏江阴人。道光二十年(1840)中举，二十五年(1845)进士。历官建昌知府、江西吉安知府等。其诗题材丰富，咏物、咏史、述怀、题赠之作均有，议论风发，慷慨激昂。工于楹对。著有《悔余庵集》等多种。

【诗义解说】

酒从林外的村野人家买来，晴天的屋檐下有一株古树横斜。一张小桌招呼朋友坐在三面，留出一面给盛开的梅花。

清·吴昌硕《松梅图》

图绘一株倾斜的苍松顶天立地，松后是几株梅树，树上红梅盛开。树干稍加皴染，尽显斑驳的质感。小枝横陈，多以干笔写出，又以浓墨写松针，用浓淡不同的墨色表示树的远近。全图笔势如飞，舒放自如。

红 梅

[近代]胡瑗[1]

几回错认杏花村，染得猩红浅复深[2]。
不道山香盈小院，林家当日是知音[3]。

【难点疏通】

①胡瑗：女，山东海阳人。其丈夫名郑于雅。余皆不详。　②猩红：像猩猩血那样鲜红的颜色，比朱红色深。　③林家：指宋代诗人林和靖。

【诗义解说】

几回都错当成了杏花村，鲜红的花朵有的浅有的深。且不说山中的香气充满了小院，当年只有林和靖是知音。

清·吴昌硕《红梅图》

图上的梅枝均从左向右伸展，枝干、花朵也都是近浓而远淡。梅花繁茂淳厚，先用红色点出花瓣，再用墨色点蕊，设色稳重。